이름을 훔친
소년

이름을 훔친 소년

이꽃님 지음

주니어김영사

어떤지 일이 잘 풀리더라니 8

음모가 틀림없어 19

가방 주인과 뻔뻔한 도둑 37

살아남는 것보다 가치 있는 일 48

거지였던 소년 57

낯선 발자국 68

이름을 잃는다는 것 89

세 소년과 절름발이 노인 102

내가 좋아하는 사람? 110

가만히 있어 127

창씨개명과 반대 전단 140

길들여진다는 것 155

삶이라는 한 글자 166

뒤통수로 날아든 세상 176

어쩌면 이미 변화는 시작되었을지도 184

이름을 훔친 소년 197

어디든, 어디든지 210

작가의 말 214

1940년 6월. 경성의 거리에
창씨개명을 금하라는 전단이 사방으로 뿌려졌다.

어쩐지 일이
잘 풀리더라니

골목 밖에서 경고라도 하듯 댕댕거리는 전차 소리가 들려왔다. 내 눈앞에 있는 녀석의 커다란 주먹을 바라보며 나는 빠르게 눈을 굴렸다. 녀석의 짧은 까까머리에서 땀이 뚝 흘러내렸다. 나도 모르게 침을 꿀꺽 삼켰다.

일이 꼬여도 더럽게 꼬였다. 등 뒤로는 높은 벽이 가로막고 있고, 눈앞에는 녀석이 씩씩대며 서 있다. 어떻게든 여길 빠져나가야 했다. 사실 생각해 보면 아주 간단한 문제였다. 아니 생각하고 말 것도 없었다. 벽을 부술 순 없으니 정면 돌파할 수밖에.

하지만 눈앞에 선 녀석은 덩치가 나보다 두 배는 더 큰 데다가 주먹이 흉기나 다름없었다. 그럼에도 내가 녀석의 가방을 훔쳤다면 차라리 벽을 뚫는 게 더 나을지도 모른다.

녀석이 한 걸음 더 내 쪽으로 다가왔다. 이제 나는 벽에 거의 달라붙어 있다시피 했다.

좋아, 침착하자. 뭐 설마 맞아 죽기야 하겠어?

"감히 내 가방을 건드려?"

으르렁거리는 목소리가 귓속으로 들어왔다. 녀석이 가볍게 손목을 꺾자 우두둑하는 뼈 소리가 났다.

하! 그런다고 누가 눈썹이나 하나 까딱할까 봐? 사나이 최용을 뭘로 보고 말이야.

나는 최대한 사나이다운 목소리로 말했다.

"저, 저기, 이러지 말고 말로 합시다, 말로……."

진정한 사나이는 주먹을 쓰지 않는 법이지. 암, 그렇고말고.

"시끄럽고. 내 가방이나 내놓으시지?"

그제야 내가 녀석의 가방을 한 팔로 꼭 감싸 안고 있다는 사실을 깨달았다. 나는 가방이 뱀이라도 되는 것처럼 깜짝 놀라 품에서 떨어뜨렸다.

"이, 이게 왜 아직도 나한테 있대?"

나는 어색하게 웃었고, 녀석은 눈썹을 찌푸렸다. 녀석의 둥그런 얼굴에서 작고 까만 눈동자가 무섭게 번뜩였다.

이제 내가 할 수 있는 일은 두 가지뿐이었다. 죽을 때까지 맞거나, 죽기 직전까지 맞는 것.

그럼 그렇지. 어쩐지 일이 너무 잘 풀리더라니…….

그러니까 나는 벽에 몸을 기대고 경성역 주변을 훑어보고 있었다. 먹잇감을 찾기 위해서였다. 그렇다고 해서 나를 경성의 포식자나 무법자쯤으로 생각한다면 곤란하다. 굳이 따지자면 나는 그 반대에 더 가까웠다.

나는 또래보다 키가 작고 말랐다. 그래서 올해 열일곱 살이지만 사람들은 나를 열셋이나 열넷쯤으로밖에 보지 않았다. 나는 이 점을 이용하는 법을 아주 잘 알고 있다. 그건 필요할 땐 열넷이 되었다가 다시 열일곱이 되기도 한다는 뜻이다. 사실 나이는 별로 중요하지 않다. 뻔히 눈에 보이는 것도 속이는 판에 보이지 않는 나이쯤이야 얼마든지 속일 수 있으니까.

경성역 앞에 콧물이 말라붙어 인중이 허옇게 변한 아이가 비쩍 마른 아줌마의 손을 잡고 서 있었다. 둘 다 한 발짝만 움직이면 큰일이라도 날 것처럼 꿈쩍도 하지 않았다. 아줌마의 손에는 커다란 짐 보따리가 들려 있었는데, 한눈에도 아주 쉬운 먹잇감처럼 보였다. 하지만 나에게는 아무 필요가 없었다. 털어 봐야 더럽고 오래된 옷가지나 누룽지 같은 음식이 전부일 게 뻔했다.

내 시선은 광장을 한 바퀴 빙 둘러 대합실 입구에 서 있는 '모던보이'에게 멈추었다. 가방을 들고 있는 자세만으로도 녀석이 시골 지주 아들 정도 되며, 경성에는 처음 온 풋내기라는 사실을 금방 알아차릴 수 있었다.

지나가는 여자들의 다리를 보느라 바쁘게 움직이는 눈, 금방이라도 끈적끈적한 침이 뚝 떨어질 것만 같은 입, 잘 나가는 모던보이들만 입는다는 양장에, 값비싸 보이는 가죽 가방까지.

나는 녀석을 향해 눈을 떼지 않았다. 한번 먹잇감으로 찍은 이상 쉽게 놓칠 수 없었다.

그때 광장으로 눈에 익은 인력거 한 대가 들어왔다. 까만 옷에 하얀 띠를 이마에 두른 인력거꾼을 보자마자 나는 단번에 그가 누군지 알아차렸다.

운도 더럽게 없지. 하필 지금 나타날 게 뭐람.

"다 왔습니다."

기영이 형이 이마에 땀을 훔치며 말했다. 인력거에서 제일 먼저 모습을 드러낸 것은 뾰족구두에 발목까지 오는 엷은 흰 양말이었다. 곧이어 레이스 달린 분홍치마가 모습을 드러내고 허옇게 분칠한 얼굴이 툭 튀어나왔다. 어찌나 허옇게 칠했는지 표정마저 허옇게 질린 것처럼 보였다.

나는 괜히 입술을 삐죽이며 여자를 바라보았다. 커다란 엉덩이를 실룩이며 걸어가는 꼴 좀 보라지. 저 여자는 남자들의 시꺼면 눈동자가 죄다 자기 엉덩이에 파리 떼처럼 붙어 있다는 사실을 알기나 하는지 모르겠다.

"용아. 네가 여긴 웬일이야?"

나를 발견한 기영이 형이 눈을 동그랗게 뜨고 물었다.

"그건 내가 묻고 싶은 말이지. 형이야말로 경성역엔 웬일이야? 여기는 형 구역 아니잖아."

　최근 들어 전차로도 모자라 택시와 버스까지 늘어나자 인력거꾼의 일은 자꾸만 줄어들었다. 그런데도 인력거를 끌겠다는 사람은 점점 늘어나고 있으니 인력거꾼끼리 구역을 나눠야만 했다.

　형은 인력거꾼 중에서도 어린 편이라서 사람이 많은 경성역이나 본정(현재의 서울 중구 충무로) 같은 곳에서는 일을 할 수 없었다. 그래도 일부러 형만 찾는 단골들이 있어서 벌이는 꽤 괜찮은 편이었다. 씽씽 미끄러지는 택시를 두고 누가 요즘 덜커덩거리는 인력거를 타느냐며 퉁을 놓던 모던걸도 형이 끄는 인력거라면 슬그머니 엉덩이부터 집어넣었다. 서양에서 온 미남자같이 생겼다는 둥, 갈색 눈동자가 신비하다는 둥, 웬만한 여자보다 피부가 곱다는 둥, 형에 대한 소문은 모던걸과 기생, 부잣집 마나님들 사이에서 불 번지듯 퍼져 나갔다.

　"근데 너 정말 여긴 무슨 일로 온 거야?"

　형이 이마에 땀을 닦으며 다시 물었다.

　"내가 오면 안 되는 데 왔나, 뭐."

　"그게 아니라 이 시간에 여관 비우면 박 씨 아저씨가 화내실 것 같아 그러지."

　박 씨 아저씨는 내가 일하고 있는 덕성 여관의 주인이다. 아저씨로 말하자면 누구나 아저씨를 처음 본 인상이 아저씨의 전부라고 할 정도. 그러니까 정수리 부분이 훵하고 사내답지 않게 얇은 눈썹에, 앙칼진 목소리가 아저씨의 전부인 셈이다. 한마디로 말하자면 쪼잔하고 꼬장꼬장하면서 인색한 걸로 모자라 간사하기까지 한 사람이다.

불행하게도 나는 쪼잔하고 인색한 박 씨 아저씨의 일을 도와주며 살고 있다. 성격이 얼마나 더럽고 치사한지 잠시도 내가 쉬는 꼴을 못 보겠다는 듯 잔소리를 입에 달고 산다. 온종일 나를 부려 먹고도 하루 세 끼 밥 주는 일이 대단한 일이라도 되는 양 생색을 부린다.

사실 처음부터 내가 박 씨 아저씨의 심부름을 하며 지냈던 건 아니다. 나는 열두 살 때까지 청계천 거지 움막에서 자랐다. 거지 움막이라고 해서 우습게 생각한다면 절대 안 될 말이다.

청계천 움막 생활에는 매년 두 번의 고비가 찾아왔다. 겨울에는 이빨을 드러내며 으르렁거리는 추위가, 여름에는 그림자처럼 슬쩍 다가와 발목을 쥐고 흔드는 전염병이 그것이다. 추위와 전염병은 움막을 슬쩍 들춰 보고는 그중에 가장 눈에 띄는 놈을 골라 목숨을 앗아갔다. 기영이 형이 박 씨 아저씨에게 나를 심부름꾼으로 소개해 주지 않았더라면 다음은 내 차례가 되었을지도 몰랐다. 그러니 어찌 보면 기영이 형은 내 생명의 은인인 셈이다. 그 은인이 잔소리꾼이라는 게 좀 유감이긴 하지만.

"걱정 마셔. 아저씨 심부름으로 온 거니까."

말은 그렇게 했지만 사실 내 머리는 거짓말을 만들어 내느라 바쁘게 움직이고 있었다. 가방이나 훔칠까 해서 경성역에 왔다고 말할 순 없는 노릇이니까 말이다.

그런데 형이 좀 이상했다. 잔소리를 하지 않는 건 물론이고, 뭔가에

쫓기는 사람처럼 초조해 보이기까지 했다. 그러고 보니 얼굴이 시뻘
건 게 열이 나는 것 같기도 했다. 여자를 태운 것치고는 땀도 유난히
많이 흘렸다.

"형 어디 아파?"

"아프긴, 일이 밀려서 그러지. 가 봐야겠다."

형이 땀을 훔치며 서둘러 광장을 빠져나갔다. 나는 인력거를 끌고
광장을 빙 돌아 나가는 형을 가만히 바라보았다.

아프면 좀 쉬지. 무슨 떼돈을 벌겠다고 저렇게 열심히 하는지 몰라.

형의 뒤꽁무니를 따라 시선을 돌리다 아차, 싶은 생각에 얼른 고개
를 돌렸다. 대합실 앞에 서 있는 먹잇감이 역 광장으로 발걸음을 옮
기고 있었다. 형 때문에 일을 다 그르친 줄 알았는데 형도 별말 없이
빠져 주고 또 먹잇감도 여전히 멍청하게 있어 주었으니 이거야말로
하늘이 내린 기회나 다름없었다.

먹잇감이 더 멀리 가기 전에 가방을 훔쳐야 했다. 바로 그때, 중절
모를 쓴 남자가 시야에 들어왔다. 남자는 중절모로 눈을 가린 채 뒤
를 힐끔거리며 역 모퉁이를 향해 다가오고 있었다. 때마침 먹잇감도
경성의 화려함에 넋이 빠진 채 역 모퉁이를 향하고 있었다. 나는 중
절모 남자와 먹잇감을 번갈아 바라보았다. 머리가 빠르게 신호를 보
내왔다.

기회다!

나는 빠르게 발걸음을 옮겼다. 여기서 가장 중요한 건 내가 다가가

고 있음을 녀석에게 알리는 일이었다. 그것도 아주 큰 소리로.

쿵쿵쿵.

다급하고 커다란 발소리가 뒤통수를 향해 다가오면 사람은 누구나 본능적으로 뒤를 돌아보게 되어 있다.

모든 것이 계획대로였다. 중절모를 쓴 남자와 녀석이 쿵 부딪쳤다. 그 충격으로 녀석의 가방이 바닥에 뒹굴었다. 넝쿨째 굴러 들어온 기회 앞에서 내가 해야 할 일은 민첩하게 움직이는 일이다. 나는 먹잇감의 가방을 낚아채서 냅다 뛰기 시작했다.

"거기 서!"

등 뒤에서 고함이 들려왔지만 뒤도 돌아보지 않고 뛰었다. 녀석이 발이 그렇게 빠른 줄 알았다면 이렇게 멍청한 짓은 절대로 하지 않았을 테지만. 끙…….

좋아, 침착하자.

나는 숨을 깊게 들이마시고 언제나처럼 뻔뻔해지자고 생각했다.

"어, 어. 더 가까이 오지 마요. 이게 그쪽 가방이라는 증거라도 있어요?"

"뭐?"

녀석은 기도 안 찬다는 듯 눈살을 찌푸렸다. 눈앞에서 훔쳐 달아나는 걸 보고 쫓아왔는데 발뺌하니 어이가 없을 만도 했다.

"좋아요. 열어 보라고요! 대신 이게 그쪽 가방이 아니면 나도 가만히 안 있습니다!"

내가 으름장을 놓자 녀석의 발걸음이 주춤거렸다. 그러나 근거 없는 협박은 오래가지 못했다. '너 따위가 가만 안 있으면 어쩔 건데?'라고 말하듯 녀석은 코웃음을 치며 내게 다가왔다.

나는 '에라 모르겠다.' 하는 심정으로 가방의 잠금 쇠를 열었다. 가방을 열어 옷가지를 얼굴에 던진 후 곧장 도망가겠다는 것이 내 계획이었다. 그런데 문제는 그다음이었다.

"이게 뭐야?"

사람이 당황하면 계획이고 나발이고 머리가 텅 비어 버리는 모양이었다. 나는 눈썹을 찌푸리며 가방을 바라보았다. 어쩐지 속았다는 느낌이 들면서 짜증과 허탈함이 동시에 터져 나왔다. 벌어진 가방 속에는 옷가지도, 돈도 들어 있지 않았다. 거기에는 끈에 묶인 종이 뭉치만 잔뜩 들어 있었다.

"뭐야, 이거 왜 이래? 내 가방에 왜 이런 게 들어 있지?"

녀석이 가방 속에 든 종이 뭉치를 보며 물었다.

"나야 모르죠. 그쪽 가방이라면서요."

아, 진짜 도둑질도 짜증 나서 못 해 먹겠다니까.

고작 종이 쪼가리나 훔치자고 죽자 살자 뛴 나도 나지만, 그걸 또 되찾겠다고 멧돼지마냥 쫓아온 녀석도 어지간했다.

"이거 내 가방이 아니란 말이야!"

녀석이 믿기지 않는다는 얼굴로 가방을 뒤적였다. 도깨비에 홀려도 정도가 있지, 자기 가방 안에 왜 그런 것이 들어 있는지 정말로 모르겠다는 눈치였다. 녀석이 종이 뭉치를 꺼내 흔들자 벌어진 뭉치 사이로 '창씨개명'이라는 글자가 눈에 들어왔다.

창씨개명? 이건 또 어느 나라 말인가.

"하여간 나는 가방 돌려주었으니까 이만 가 보겠습니다."

"이게 어딜 내빼려고!"

황급히 자리를 뜨려는데 녀석이 내 멱살을 잡아 올렸다. 그 때문에 바닥에 떨어진 가방에서 시커먼 물건 하나가 삐죽 고개를 내밀었다. 녀석과 나는 약속이나 한 듯 주춤 뒤로 물러났다. 녀석이 저게 뭐냐는 듯 휘둥그레진 눈으로 나를 바라보았다.

그걸 내가 어떻게 알아, 인마!

우리는 서로를 바라보며 침묵에 빠졌다.

그때였다.

"어이, 거기 뭐야?"

제복을 입은 순사가 골목 끝에 서 있었다. 정신이 아찔해졌다. 녀석도 너무 놀란 나머지 벽돌만큼이나 딱딱하게 굳었다.

좁은 골목길, 그것도 막다른 길에서 조선인 소년 둘이 가방을 앞에 두고 이야기를 주고받고 있었다. 그건 누가 봐도 의심스러운 장면이었다. 뭔가를 생각해야 했다. 하지만 머리는 요란한 사이렌 소리를 울리며 '아무 생각도 할 수 없음'이라는 빨간 신호만 보내왔다.

순사가 의심스러운 얼굴로 우리를 향해 다가오기 시작했다. 그 순간 나는 이제 모든 것이 끝장나 버렸다는 것을 본능적으로 깨달았다.
가방 속에서 튀어나온 시커먼 물건이 바로 총이었기 때문이다!

음모가
틀림없어

"어이, 거기 뭐야?"

순사가 다가올 때마다 또각거리는 구두 굽 소리가 났다. 정신이 아찔해졌다. 총을 가지고 있다는 사실만으로 나는 곧장 끌려갈 것이었다. 거기에는 그 어떤 이유도 필요하지 않았다.

서대문 형무소.

한번 발을 디디면 멀쩡히 살아서 나오지 못한다는 곳이었다. 그곳은 죄지은 사람들이 가는 곳이 아니라 사람들의 죄를 만드는 곳이었다. 동네 개도, 옆집 누렁소도 발만 디디면 죽을죄가 생기는 곳이라고 했다.

순사가 눈썹을 찌푸리며 골목 안으로 걸어 들어왔다. 가방 속에 총이 들어 있다는 사실을 들키는 날에는 끝장이다. 살아야겠다는 생각이 들었다. 나는 작은 소리로 녀석에게 중얼거렸다.

"뛰어!"

하지만 이미 굳을 대로 굳어 버린 녀석은 말귀를 알아듣지 못한 채, 붕어처럼 입만 뻥긋대고 있었다. 녀석이 이렇게 멍청하게 나온다면 내가 할 수 있는 일은 한 가지 뿐이었다.

나는 재빨리 가방을 가슴팍에 안고 소리쳤다.

"도와주십쇼! 이놈이 제 가방을 뺏으려고 합니다요."

내 말에 놀란 녀석이 나를 바라보았다. 나는 녀석에게 다시 한 번 뛰라는 신호를 보냈다. 녀석은 그제야 상황 파악이 되었는지 잽싸게 다리를 굴리며 뛰쳐나갔다.

나는 순사가 녀석의 뒤를 쫓아 골목을 벗어나는 순간, 이 무시무시한 가방을 던져 버리고 도망갈 계획이었다. 하지만 순사는 녀석의 뒤를 쫓는 대신 나를 향해 걸어왔다. 그제야 나는 순사가 녀석이 빨라서 잡지 못한 것이 아니라 일부러 잡지 않았다는 것을 깨달았다.

이런 니미럴.

이제 나는 독 안에 든 쥐 신세가 되고 말았다. 그것도 수상한 가방을 가슴에 껴안은 채로.

나는 발을 끄는 척하면서 가방을 가슴에서 떼어 내 바닥에 놓았다. 아차 싶으면 곧장 달려 나가기 위해서였다. 순사는 기다란 방망이로 손바닥을 툭툭 치며 나를 바라보았다.

순사의 눈길이 내게 닿을 때마다 커다란 말벌이 달라붙는 기분이었다. 나는 벌에 쏘일까 봐 무서워하는 아이처럼 꼼짝도 하지 않았다. 목이 뻣뻣하게 굳어왔다.

"너, 덕성 여관에서 일하는 놈이지?"

순간, 나는 숨을 크게 들이마셨다. 순사가 박 씨 아저씨네 여관을
알고 있었다. 그 말은 기적처럼 내가 여기서 도망친다 해도 여관으로
는 돌아갈 수 없다는 것을 의미했다.

나는 뻣뻣해진 목을 억지로 움직여 고개를 끄덕였다. 목에서 끼이
익 하고 녹슨 철문 소리가 나는 것 같았다.

"요즘 여관 장사가 잘 되는 모양이지?"

"네, 네?"

"요즘 통, 발길이 뜸해서 하는 말이다."

순사의 말에 박 씨 아저씨가 총독부 하급 직원들과 순사들에게 뇌
물을 주던 일이 생각났다. 아저씨는 경성에서 돈을 벌려면 총독부 개
한테 개 밥그릇이라도 바쳐야 한다는 말을 입에 달고 살았다.

"그, 그게 요즘 정신이 없으셔서…… 안 그래도 한번 찾아뵙는다
하셨어요."

한결 경계가 풀린 눈으로 순사가 나를 훑어보았다.

"하긴 일하는 놈이 멍청하게 가방이나 뺏기고 있으니."

"죄, 죄송합니다."

도대체 내가 뭘 잘못했는지 모르겠지만 나는 분명 그렇게 말했다.
순사의 얼굴은 여전히 뭔가 마음에 들지 않는 표정이었다.

"뭐해? 가 봐."

나는 할 수 있는 대로 최대한 어깨를 접고, 병 걸린 닭마냥 고개를 푹 숙인 채 순사 옆을 지나쳤다. 최대한 빨리 그곳에서 벗어나고 싶었다. 앞으로 이 골목에는 침도 뱉지 않겠노라 다짐하고 또 다짐하면서. 그때 내 뒤통수로 따끔한 목소리가 날아왔다.

"이봐. 가방 가지고 가야지."

고급 양장점, 예쁜 여자가 그려진 다방, 구두를 파는 양화점 그리고 그 모든 물건을 비추는 쇼윈도 앞에는 신식과 전혀 어울리지 않은 조선인 소년 하나가 서 있었다.

사람들은 키 작고 말라비틀어진 소년이 총을 가지고 있을 거라고는 상상도 하지 못한 채 그저 스치며 지나갔다.

이게 다 무슨 일이란 말인가. 나는 그저 돈이나 몇 푼 훔칠 생각이었다. 이따위 골치 아픈 일에 얽힐 생각은 추호도 없었단 말이다.

무슨 생각으로 걸었는지 모르겠다. 내가 정말 무사히 살아 나온 것인지, 수상한 낌새를 눈치 챈 순사가 뒤따라오는 건 아닌지, 진짜 가방 주인이 나타나 내가 가방을 훔쳤다고 생각하는 건 아닐지…….

잠깐! 그러고 보니 가방 주인에 대해선 생각해 보지 못했다. 그럼 이 가방은 누구 거지?

산들바람이 온몸을 훑고 지나갔다. 나뭇가지마다 파랗게 자리 잡은 이파리가 바람결에 소란스레 흔들렸다. 그 아래로 모던 커플이 팔짱을 끼고 걷고 있었다. 주변의 모든 것들이 내게 삿대질하며 따지듯 묻는 것 같았다.

'정말 그걸 몰라서 물어?'

이런, 우라질! 그럼 이게 독립투사의 가방이라도 된다는 말이야?

갑자기 알 수 없는 두려움이 두꺼운 담요처럼 내 몸을 감싸기 시작했다.

독립투사가 누구던가. 악랄한 일본 순사가 모진 고문을 해도 어떻게 해서든 살아남아 조국 독립을 외치는 사람들이 아닌가. 혹시 그 사람들이 오해라도 하면 어쩌지? 내가 일부러 가방을 훔쳤다며 쥐도 새도 모르게 찾아오기라도 한다면?

머릿속에서 한 장면이 떠올랐다.

깊은 밤, 방문이 스르르 열린다. 세상모르고 자고 있는 내게로 그림자 하나가 다가온다. 그림자는 내 어깨를 툭툭 두드려 깨운다.

'누, 누구세요?'

커다란 그림자는 대답 대신 조용히 내 머리에 총을 겨눈다. 그리고 낮고 확신에 찬 목소리가 내 귓가를 파고든다.

'조국의 원수, 당장 물건을 내놔.'

나는 도리질하며 생각을 떨쳐 버렸다. 의로운 사람들이니 죄 없는 내게 총질을 하지는 않겠지. 혹시 나를 일본 앞잡이쯤으로 생각하기라도 한다면? 평소에 내가 뭐라고 지껄이고 다녔더라…….

'나는 나랏일에는 요만큼도 관심이 없어요. 나라가 이렇게 된 게 어디 내 탓인가? 난 그냥 잘 먹고 잘살기만 하면 된다니까. 내 입에 풀

칠하기도 힘들어 죽겠는데, 조국은 개뿔.'

이런, 염병할! 혓바닥 한 번 잘못 놀렸다가 골로 가는 수가 있다더니. 잠깐, 잠깐만.

가방 주인이 독립투사라는 보장도 없잖아! 만약 독립투사가 아니라 청나라에서 건너온 불법 거래상 뭐 그런 사람들이라면? 그러고 보니까 거기 쓰인 창씨 어쩌고 하는 말도 이상했다. 분명 조선말로 쓰여 있었으나 무슨 뜻인지 의미를 알 수 없었다. 혹시 청나라 말을 조선말로 옮겨 쓴 것은 아닐까……. 머릿속이 담배 연기가 찬 것처럼 뿌옇게 흐려지더니 또다시 장면 하나가 떠올랐다.

어두운 대나무 숲, 나는 검은색 가죽 가방을 들고 대나무 사이를 빠르게 걸어간다. 처량한 달이 음산하게 빛난다. 바람이 불자 대나무 숲에 귀신 웃음소리 같은 낮고 소름 돋는 소리가 울려 퍼진다. 나는 뒤를 바라보면서 서둘러 발걸음을 옮긴다. 그때 까만 옷을 입은 남자 두 명이 내 앞을 가로막는다.

'어이, 꼬맹이. 어딜 그렇게 바삐 가시나?'

'누, 누구세요?'

'누구긴 누구야. 가방 주인이지.'

'가, 가져가세요! 여기 있어요. 저는 그 가방 안에 뭐가 들었는지도 몰라요. 진짜예요.'

하지만 남자는 차가운 미소를 지으며 내게 이렇게 속삭인다.

'미안하지만 우리의 정체를 알았으니 죽어 줘야겠어.'

탕.

밤새 자객들에게 도망치는 꿈에 시달렸다. 놀라서 깨고 간신히 잠들면 다시 쫓겼다. 심지어 몇 번은 죽기도 했다. 아침에 일어나 보니 온몸이 땀으로 젖어 있었다.

눈을 뜨자마자 이게 꿈인지 생시인지 구별이 되지 않았다. 혹시 가방을 훔쳤던 일이 전부 다 악몽은 아니었을까. 대나무 숲에서 나를 쫓아오던 자객들처럼 말이다. 하지만 이불장에 숨겨 놓은 가방은 여전히, 거기에, 그대로 나를 위협하며 존재하고 있었다. 나는 숨을 헐떡이며 조금이라도 가방과 멀어지기 위해 밖으로 나가 마루에 걸쳐 앉았다.

이건 음모다!

생각해 보면 내 삶 중 어느 한 부분도 음모가 아닌 적이 없었다. 청계천 거지 소굴에서 두들겨 맞으며 구걸하던 일도, 언제 굶을지 모른다는 두려움으로 시작한 도둑질도, 성질이 개떡 같은 박 씨 아저씨의 기분을 맞추는 일도 전부 다. 세상이 나를 엿 먹이기 위해 작정하고 달려든 게 아니라면 이런 일이 내게만 벌어질 수는 없었다.

대체 그 종이 뭉치는 뭐고, 총은 또 뭐라는 말이야!

순사가 나를 기억하고 있을 테니 버릴 수도 없고, 이대로 가지고 있을 수는 더더욱 없었다.

아, 진짜 미쳐 버리겠네.

"괜찮아? 어디 아파?"

무릎에 얼굴을 박고 머리를 쥐어뜯는 내게 걱정스러운 목소리가 들려왔다. 미향이의 목소리였다.

오늘 해가 서쪽에서 떴나. 지금 저 계집애가 내 걱정하고 있는 거야?

미향이를 보면 작은 조약돌이 떠올랐다. 반질반질 윤이 나서 주머니에 넣고 싶은 그런 조약돌 말이다. 동그랗고 까만 눈에, 볼록 나온 둥근 이마, 복숭아 빛이 도는 두 뺨에, 신여성이 되겠다고 싹둑 잘라 낸 단발머리⋯⋯. 어떻게 박 씨 아저씨한테 저런 딸이 있나 싶을 정도였다. 물론 성질머리는 박 씨 아저씨를 빼다 박기는 했지만.

어쨌든 미향이가 내 걱정을 해 주다니 기분이 나쁘지 않았다. 이런 일은 흔치 않았다. 무릎 속에 처박혀 있던 얼굴의 표정을 바꿀 필요가 있었다. 나는 부러 눈썹과 입꼬리를 축 늘어뜨려 세상에서 제일 괜찮지 않은 표정을 짓고 고개 들 준비를 했다.

"괜찮아. 찬물에 세수하면 금방 괜찮아져."

응? 잠깐. 나 아무 말도 안 했는데?

벌떡 고개를 들어 보니 우물 앞에서 미향이가 기영이 형 옆에 찰싹 달라붙어 있었다.

그럼 그렇지. 아니 근데 형은 꼭두새벽부터 여긴 왜 와서 저러고 있는 건데?

예전에는 기영이 형도 나처럼 박 씨 아저씨의 심부름을 하며 여관에서 함께 생활했다. 그러다 작년에 인력거꾼 자리를 얻고 나서는 따로 살고 있는데, 심술궂기로 둘째가라면 서러운 박 씨 아저씨도 어쩐 일인지 기영이 형만큼은 알뜰히 챙겼다.

아저씨는 기영이 형이 미워할 구석이라곤 눈곱만큼도 없기 때문이라고 하지만, 내 생각에는 형을 다시 여관 보이로 쓰려는 수작일 뿐이었다. 어떻게든 딴짓을 하려는 나와 달리 형은 순진무구하게 아저씨 말만 곧이곧대로 듣는 사람이기 때문이다. 게다가 형은 쥐꼬리만큼만 돈을 줘도 황소만큼 일을 하니, 쪼잔하기로 조선 제일인 박 씨 아저씨에게는 그만한 사람이 없을 터였다.

"오빠 정말 괜찮아?"

형이 막 우물에서 퍼낸 물에 세수를 마치자 그 옆에서 미향이가 수건을 건넸다.

"지금 오빠 얼굴 완전 창백해. 그러지 말고 방에 들어가서 죽이라도 먹고……."

"형 원래 하얗거든?"

"어머, 깜짝이야!"

내가 불쑥 끼어들자 미향이는 정말 놀랐는지 가슴팍에 손을 얹고 동그란 눈으로 나를 바라보았다. 방에서 무슨 죽을 얼마나 먹일 생각을 했기에 가슴을 부여잡을 정도로 놀라는지 모르겠다.

"애, 왜 넌 인기척도 없이 불쑥 끼어들고 난리니?"

미향이가 눈을 흘기며 말했다.

흥, 그러든가 말든가.

나는 미향이의 말을 싹 무시해 버리고 기영이 형 앞으로 갔다. 절대 미향이와 형 사이를 비집고 들어왔다거나 떼어 놓으려고 그런 건 아니었다. 나는 그냥 형이 걱정되어 갔을 뿐이다.

"형이 아침 댓바람부터 여긴 웬일이야?"

아니꼬운 마음에 톡 쏘아붙였는데 형의 입가에는 빙긋 미소가 걸렸다.

"볼일 있어서 왔지."

"형이 저 계집애한테 무슨 볼일이 있는데?"

"뭐 계집애?"

신경질이 잔뜩 묻은 미향이의 목소리가 껑충 튀어 올라 귓속에 박혔다. 어찌나 카랑카랑한지 여관 사람들을 다 깨우고도 남을 것 같았다.

"넌 아침 안 하냐?"

"네 눈엔 내가 부엌데기로 보이니?"

"내가 먹고 싶어서 그러냐? 형 주려고 그러지."

형 얘기에 미향이는 입을 꾹 다물었다. 하지만 애써 화를 참고 있는 듯 씩씩 뜨거운 콧김이 세어 나왔다.

"아니야, 향아. 괜찮으니까 난 신경 쓰지 마."

나 참. 향이란다. 엄연히 박미향이라는 이름이 있는데 왜 멀쩡한 이름은 다 떼고 저렇게 부르냐는 말이다. 계집애들은 또 저런 걸 보며 다정다감하다느니 어쨌느니 하면서 떠들어 댈 게 뻔하다.

"괜찮긴! 또 일 나가야 하면서. 하루 종일 인력거 끌려면 밥이라도 든든히 먹어야지."

나는 잽싸게 말을 붙이고는 아직도 거기 서 있느냐는 눈빛으로 미향이를 바라보았다. 미향이는 형 때문에 참는다는 듯 못마땅한 눈으로 나를 흘기고 팽 돌아섰다.

여자애들은 왜 하나같이 형이라면 그렇게 깜박 죽는 건지 모르겠다. 사내 얼굴이 허여멀건 해서는, 자고로 사내라면 까무잡잡하니 튼실해 보여야지, 나처럼!

나는 재빨리 형을 위아래로 훑어보았다. 수건을 든 형의 손에 시꺼먼 때가 잔뜩 묻어 있었다. 내가 빤히 자신의 손을 쳐다보자 형이 무안한 듯 웃으며 손을 움켜쥐었다.

"어제 야학에서 애들 한글 교본 좀 만들었더니, 잉크가 잘 안 지워지네."

"좀 쉬어가며 해. 하루 종일 인력거 끌고, 야학까지. 형은 피곤하지도 않냐? 무슨 바윗덩어리도 아니고. 그러니까 안색이 그렇게 안 좋지. 누가 돈 주는 일도 아닌데 뭘 그렇게까지 열심히 해?"

"좋아서 하는 일인데 뭐. 그나저나 용이 너, 요즘 야학에 안 나온다며?"

형이 수건으로 물기를 닦으며 물었다.

"내 팔자에 공부는 무슨. 혹시나 해서 미리 말해 두는데, 나더러 인생이 어쩌고 하면서 야학 더 나오라고 할 생각이면 미리 사양할게. 글 읽고 쓸 줄 알면 되었지 뭘 더 바라. 나는 이 정도로도 충분하다고."

몇 년 전부터 형의 권유로 야학에 다니기 시작했다. 형은 야학에서도 사람들의 관심을 독차지했다. 형이 커다란 눈을 깜박거리며 씨익 웃어 주기라도 하면 여자애들이 시뻘건 얼굴을 감싸 쥐고 서둘러 자리를 피했다. 그럴 때마다 형은 영문을 모르겠다는 표정을 짓곤 했는데, 내가 야학에 나가지 않는 이유 중 하나가 그 꼴이 보기 싫어서이기도 했다.

거기다 야학 선생이 조국이 어쩌고 독립이 어쩌고 할 때마다 골치가 아파 왔다. 뭔 놈의 얼어 죽을 조국 독립인지. 조국이 독립한다고 내 인생에 눈곱만큼이라도 바뀌는 게 있을까 봐! 어림도 없다. 어차피 나 같은 놈은 조선이고, 일본이고 간에 도움이 안 되는 놈이다. 게다가 야학에서 독립이 어쩌고 하는 얘기를 들을 때마다 불편해서 견딜 수가 없었다. 행여 그런 얘기를 들었다는 이유로 일본 순사에게 잡혀가기라도 할까 봐 야학 선생과 눈도 마주치지 않았다.

제발 부탁인데 전 끌어들이지 마세요! 난 이대로가 좋아요. 내 한 몸 건사하고 사는 것도 힘들어 죽겠다고요!

쨍그랑.

부엌에서 놋그릇 하나가 데굴데굴 굴러 나왔다. 미향이가 툴툴거리면서 그릇을 집어 갔다.

"쯧쯧, 무슨 여자애가 저렇게 조심성이 없는지……."

나는 혀를 차며 혼자서 중얼거렸다.

만날 떨어뜨리고 부수고 하루라도 안 그러면 가시라도 돋나. 또 걸음걸이는 왜 저렇게 선머슴 같은지, 사뿐사뿐 예쁘게 좀 걸으면 안 되나.

옆에서 피식 웃음소리가 들려서 보니 형이 빙긋 웃고 있었다. 나도 모르게 미향이의 동그란 뒤통수를 계속 쫓고 있었던 모양이었다.

"왜 그렇게 못되게 굴어?"

"뭐가?"

"한집에 살면서 만나기만 하면 만날 으르렁거리잖아."

형이 재미있다는 표정으로 부엌을 향해 눈짓을 보냈다.

"여동생이라고 생각하고 잘해 줘."

"쳇. 형한테나 여동생이지. 저 계집애가 나한테 오빠라고 부르는 줄 알아? 아까 봤잖아. 나한테 애, 쟤, 그런다니까."

내가 처음 덕성 여관에 오던 날, 미향이는 하얀 무명 저고리에 까만 치마를 입고 대청마루에 앉아 있었다. 내가 떠돌이 개처럼 여관 곳곳을 이리저리 둘러보는 동안, 미향이는 엿가락만 쪽쪽 빨며 나를 쳐다보았다. 그러다 나와 눈이 마주치자 고개를 홱 돌려 버리더니 방 안으로 쪼르르 들어가 버렸다. 나는 당황해서 미향이가 들어간 방문을 가만히 바라보았다. 사람을 그렇게 빤히 쳐다보다가 갑자기 홱 고개를 돌려 버리는 건 또 뭐람. 뭐 저런 애가 다 있나 싶었다. 잠시 뒤

내 방으로 상 하나가 들어오기 전까지 말이다.

"밥 무라. 저노무 가시나가 니 밥 안 준다꼬 생지랄 난리를 쳐서 가져온다만, 앞으로는 일 안하는 날에 밥 주는 일은 없으니까 그리 알아라!"

박 씨 아저씨가 무슨 말을 하든 내 모든 촉각은 밥상 위로 쏠려 있었다. 김이 폴폴 나는 하얀 쌀밥에 총각김치와 나물이 올라가 있던 그 밥상을 아직도 잊을 수가 없다. 그건 내가 기억하는 한 처음으로 먹어 본 진짜 밥이었다.

사실 미향이가 좀 싹수가 없고 까다로운 데다 고집불통이긴 하지만 나쁜 애는 아니다. 비록 형한테만 오빠라고 부르면서 다정하게 굴고 방긋 웃어 주긴 하지만 말이다. 조그만 게 뺼뼬거리고 다니는 걸 보면 귀여운 것 같기도 하고…….

"그래도 귀엽잖아."

"귀, 귀엽긴! 조선 천지에 귀여운 애들 다 죽었나. 성질 머리는 고약해서 쪼그만 게 말대답은 얼마나 한다고. 그뿐인 줄 알아? 싹수없는 건 경성에서 제일……악!"

순간 눈앞이 번쩍하더니 앞으로 고꾸라질 뻔했다. 누군가 내 뒤통수를 후려친 것이다. 얼굴을 잔뜩 찌푸리고 뒤를 돌아보니 박 씨 아저씨가 미향이가 나를 볼 때와 똑같은 눈을 하고 서 있었다.

"야 이놈아. 니가 뭔데 남의 딸내미를 숭 보고 지랄이고!"

"미향이라고 한 적 없거든요?"

"야 이노무 새키야. 성질 드럽고, 싹수없다 카믄 미향이밖에 더 있나?"

뭐야, 대체. 미향이 편을 드는 거야 욕을 하는 거야?

내가 불만스럽게 입술을 씰룩이자 아저씨가 다시 내 뒤통수를 내리쳤다. 그 모습에 형이 웃음을 터트렸다.

말려도 모자랄 판에 지금 웃음이 나와?

나는 아픈 뒤통수를 문지르며 눈을 흘겼다.

"기영이 니, 창씨개명이라고 들어 봤나?"

기분 탓이었을까. 아저씨의 말에 순간 기영이 형의 눈에 경계의 빛이 스치고 지나갔다.

"그건 왜요?"

"그기……."

아저씨는 뭔가 말하려는 듯 입을 벙긋거리다 내 눈치를 슬쩍 살폈다. 그러고는 안에 들어가 얘기하는 게 좋겠다며 나만 쏙 빼놓고 형만 안채로 데리고 들어갔다.

무슨 대단한 비밀 얘기를 한다고, 내가 더러워서 안 듣는다! 퉤 퉤.

내 생각을 읽은 모양인지 아저씨는 괜히 내 머리를 콩 쥐어박고 갔다.

아니 형만 데려가면 그만이지, 하여간 저 심술보는 하늘에서 벼락이 떨어져야 고쳐질…… 잠깐.

순간 내 머릿속에서 쾅 하고 천둥번개가 울려 퍼졌다.

창씨개명.

눈앞으로 종이 뭉치가 떠올랐다. 그랬다. 그것은 총과 함께 가방에 있던 종이 뭉치에 적힌 글이었다.

"그거 때문에 난리도 아이다…… 신문에도 났다고…… 당장 창씨 안 하믄 무슨 봉변을 당할지……."

귀를 바짝 문에 갖다 대었지만 얘기가 잘 들리지 않았다. 형 목소리는 하나도 들리지 않았고 그나마 아저씨 목소리만 띄엄띄엄 몇 마디 들리는 게 다였다. 나는 엿듣기를 포기하고 손톱을 질근질근 깨물며 안마당을 이리저리 오가며 생각했다.

아저씨와 형은 창씨개명인가 뭔가를 알고 있단 말이지. 아니 그보다 신문에 났다는 말은 뭐고, 안 하면 봉변당한다는 말은 또 뭘까. 무슨 말인지는 잘 모르겠으나 어쨌든 중요한 건 '난리'와 '봉변'이었다!

나는 머리를 쥐어뜯으며 방으로 향했다. 종이 뭉치에 대해 자세히 확인할 필요가 있었다.

방문을 단단히 걸어 잠근 나는 이불장 안에 숨겨 둔 검은 가죽 가방을 꺼내 들었다. 철컥 잠금 쇠가 풀리자 허연 종이 뭉치가 눈에 들어왔다. 끈에 묶인 수십 개의 종이 뭉치 중 하나를 꺼내들자, 검은 글씨가 선명하게 다가왔다.

창씨개명을 금하라!
비록 나라 잃은 백성이라 하나, 이름을 뺏기고 살 수는 없는 노릇이다.
이름을 잃으면 전부를 잃는 것이오, 전부를 잃으면 살아도 사는 것이 아니다.

모두 밖으로 나와, 다시 기미년 만세를 외치자!

다시 만세를 외쳤을 때, 조선의 이름을 되찾으리라.

흡!

나는 너무 놀란 나머지 비명을 외친 입을 내 손으로 틀어막았다. 이게 다 뭐야! 그럼 창씨개명이 이름을 뺏는다는 뜻인가. 아니 멀쩡한 이름은 왜 뺏으며 그걸 어떻게 뺏는다는 걸까.

기미년 만세…….

그날에 대해서는 익히 들어 알고 있었다. 내가 태어나기도 전의 일이지만 조선에 사는 사람이라면 모르는 자가 없을 것이다. 일본 순사가 탄 말에 다리가 잘린 채 끌려다녔다는 청년, 그 자리에서 목이 베였다는 아낙네, 거리마다 쌓여 있었던 시체들, 그럼에도 사그라지지 않았던 만세 소리…….

손이 덜덜 떨려왔다. 머리가 어지러웠다. 이 종이가 세상에 알려졌을 때 무슨 일이 일어날지 생각하자 끔찍한 기분이 들었다. 한 가지 분명한 건 이 종이는 내가 가지고 있으면 절대 안 되는 물건이라는 것이었다. 이 일에 엮여서는 절대로 안 된다는 생각밖에 들지 않았다. 총독에 반항하는 일은 죽음을 의미했다. 더 보고 자시고 할 것도 없었다. 나는 그대로 종이 뭉치를 가방에 쑤셔 넣고 곧장 여관을 빠져나왔다.

서둘러 발걸음을 옮겼다. 사람들 눈을 피해 당장 이 가방을 없애야 했다. 아직 아침도 먹지 않은 이른 시간이니 사람도 별로 없을 터였다. 중요한 건 언제나 민첩함이다. 재빨리 가방을 처리해야 했다. 나는 심호흡을 길게 하고는 머릿속 생각을 차분히 정리했다.

일단, 가방을 아무데나 버릴 수는 없었다. 순사가 나를 보았으니 혹시라도 기억한다면 곤란했다. 그럼 이걸 아무도 모르는 곳에 버려야 한다는 건데……. 문제는 아무도 찾을 수 없는 곳이 어디냐는 거였다. 우물 안은 어떨까? 그곳은 은밀하긴 하지만 물을 긷다 보면 언제든지 발견될 가능성이 있었다. 다시 경성역에 갖다 놓을까? 아니다. 괜히 잘못했다가 들키기라도 하는 날에는…… 읍!

누군가 담벼락 옆에서 내 뒷덜미를 잡아채고는 입을 틀어막았다. 평소 눈칫밥을 먹고 자란 덕에 둘째가라면 서러울 정도로 눈치가 빠른 나인데 왜 그때는 전혀 눈치채지 못했던 걸까. 온통 가방을 버리는 일에만 신경을 쏟다 보니 누군가 내 뒤를 쫓고 있다는 사실도 까맣게 모르고 있었던 것이다.

머릿속에서 밤새 나를 괴롭혔던 검은 옷을 입은 괴한들이 떠올랐다. 이제 오로지 한 가지 생각만이 빼곡하게 차올랐다.

난 이제 죽었다!

가방 주인과
뻔뻔한 도둑

살다 보면 더 이상은 참을 수 없는 상황이 오기 마련이다. 예를 들자면 이런 식이다. 뒷간은 아직 한참이나 더 가야 하는데 똥이 세상 밖으로 나오려고 고개를 내밀고 있을 때, 엉덩이에 힘을 주고 한 걸음씩 힘겹게 움직여 간신히 뒷간 앞에 도착했는데 닦을 만한 걸 가져오지 않았을 때, 그 순간 우리는 더는 '참을 수 없음'을 인정할 수밖에 없다. 상황이 그렇게 되면 일단 앞뒤 볼 것 없이 싸지르고 보는 것이다. 뒷일이야 어찌 되었든 간에.

내 상황이 딱 그랬다. 찍소리도 하지 못한 내 눈앞으로 검은 그림자가 짙어졌다.

"내 가방 어쨌어?"

고얀 입 냄새가 콧속으로 들어온 순간 놈의 정체를 알아챘다. 짜증이 솟구쳐 올라 콧구멍 밖으로 빠져나왔다. 엉덩이를 비집고 나오는 똥보다 더 처치 곤란인 가방을 들고 간신히 길을 걷고 있는데, 그 녀석이 나타난 것이다.

"내 가방 어쨌냐고!"

이 자식이 순사한테 끌려갈 걸 살려 주었더니 뭐가 어쩌고 어째?

그 순간 나는 '참을 수 없음'을 느꼈고, 가방을 녀석의 품 안으로 밀어 넣으면서 똥을 싸지르듯 소리를 내질렀다.

"여기 있다, 이 자식아!"

가방을 받아 든 녀석이 얼굴을 찌푸렸다. 밤새 한숨도 자지 못하고 가방을 찾아다녔는지 눈 밑이 거무튀튀했다.

"이 자식아?"

가방을 열기 전과 열고 난 후 달라진 것이 있다면 이제 아무것도 무섭지 않다는 거였다. 나는 녀석의 커다란 주먹을 향해 비웃음을 날렸다.

"그래, 이 자식아. 너 몇 살이나 먹었냐? 한 열일곱, 여덟은 되냐? 내가 하도 굶어서 그렇지 나도 나이 먹을 만큼 먹었어, 이거 왜 이래!"

"죽고 싶냐?"

"마음대로 해, 이래 죽나 저래 죽나. 어차피 이 가방 들키는 날에는 너랑 나 둘 다 끝장이야."

"그러게 네놈이 내 가방 들고튀지만 않았어도 이런 일은 없었을 거 아냐!"

"하! 입은 삐뚤어져도 말은 똑바로 하랬다고, 엄밀히 말하자면 네 가방도 아니지. 그리고 그렇게 중요한 가방이면 간수를 잘하든가. 그 랬으면 내가 가방을 들고튀는 일도 없었을 거고, 이딴 가방 껴안고 바들바들 떨 필요도 없었을 거 아냐."

그러자 녀석이 머리를 움켜쥐고 괴로운 신음을 토했다.

"이제 끝났어. 다 망쳤다고. 이제 어떻게 할 거야?"

"나보고 어쩌라고?"

"너 때문에 잃어버린 거니까 너도 책임져."

이 자식이 지금 뭐라고 지껄이는 거야? 내가 순순히 네 그리합죠, 하고 나설 줄 아는 모양이군.

"내가 미쳤냐? 지금 죽느냐 사느냐가 걸렸는데 그깟 가방이 대수 야?"

"그깟 가방?"

"그래, 그깟 가방! 가방에 돈이 있으면 뭐해. 써 보지도 못하고 죽 게 생겼는데."

"이건 말도 안 돼. 이럴 순 없어!"

녀석은 세상이 망하기라도 한 것처럼 울부짖었다. 녀석이 더 이상 서 있을 힘도 없다는 듯 주저앉아 머리를 쥐어뜯는 동안, 마음만 먹 었다면 얼마든지 녀석에게 가방을 떠넘기고 도망갈 수도 있었다. 하 지만 나는 그러지 않았다.

생각해 보란 말이다. 고급 양장을 입은 모던보이가 잃어버린 가방 하나 때문에 울부짖는다? 전 재산이 가방 안에 다 들어갈 정도밖에 되지 않는 사람이라면 그럴 수 있다. 하지만 저 녀석은 어지간한 회사원의 한 달 봉급보다 더 비싼 양장을 입고도, 바닥에 퍼질러 앉아 가방만 찾고 있었다. 비싼 양장 따위는 안중에도 없다는 듯이!

그게 무엇을 의미한다고 생각하는가? 녀석의 가방에는 부잣집 도련님이 머리를 쥐어뜯을 만큼 엄청나게 값비싼 것이 들어 있다는 뜻이었다. 녀석의 손목에서 번쩍거리는 금시계가 내게 확신을 주었다.

"대체 가방 안에 얼마가 들어 있기에 이러는 건지 물어나 보자. 뭐, 소 한 마리 값 정도 되냐?"

"내가 그깟 돈 몇 푼 때문에 그러는 줄 알아?"

그깟 돈 몇 푼? 소 한 마리에 살인도 일어날 판에, 그깟 몇 푼이라니.

"그럼 돈이 아니면 뭔데?"

박 씨 아저씨의 여관은 남산 아래 남촌에 자리 잡고 있었다. 여관은 목재로 만든 일본식 기와집으로, 거리마다 있는 전신주처럼 너무 흔해서 눈여겨보지 않을 그런 종류의 집이었다. 하지만 여관의 진짜 모습은 그 너머에 있었다.

여관을 올려다본 녀석이 미심쩍은 눈초리로 나를 보았다. 나는 그런 녀석에서 가만히 있으라는 신호를 보내고 여관 문을 밀었다. 들어가자마자 박 씨 아저씨의 까칠한 목소리가 총알처럼 튀어나왔다.

"어데 싸돌아 댕기다 인자 기 들어오노!"

녀석이 총알 파편에 맞기라도 한 듯 어깨를 움찔거렸다. 나는 이런 대우가 익숙하다는 듯 녀석에게 걱정할 것 없다는 손짓을 보냈다.

"손님 모셔 왔어요. 유학생이신데 경성에 일이 있어서 잠깐 들렀대요. 계시는 동안 경성 구경 좀 하고 싶다기에 제가 도와 드리기로 했어요. 괜찮죠?"

두 쌍의 눈이 동시에 내게 달려들었다. 나는 당황한 녀석을 두고 아저씨를 향해 눈썹 산을 만들어 보였다. 이것으로 말하자면 일종의 신호였다. 주로 오래 묵을 손님인지, 하루만 묵다 갈 손님인지, 또 돈이 많은 손님인지, 바가지를 씌워도 될 만한 사람인지 따위였다.

그러니까 해석하자면 '경성 구경'을 할 거란 말은 제법 오래 묵을 손님이란 뜻이고, 유학생이란 말은 돈이 제법 있는 것 같으니 눈치껏 행동하라는 뜻이었다. 마지막으로 눈썹 산은 아저씨가 가장 좋아하는 신호였는데, 그것은 '바가지를 씌워도 될 만한 놈'이라는 뜻이었다.

박 씨 아저씨의 눈이 아주 짧은 순간 녀석을 훑었다. 경성에서 옷차림은 그 사람의 신분을 나타내는 것과 다름없었다. 아저씨라면 녀석이 입고 있는 옷이 값비싼 양장이라는 것을 단번에 알아차렸을 것이다. 아저씨는 녀석이 들고 있는 종이 뭉치 가방을, 어마어마한 돈 가방이라도 되는 것처럼 빤히 바라보았다. 아저씨의 얼굴이 환하게 밝아졌다.

"진작 말을 하지 자슥아. 아이고, 야가 무슨 실례한 건 없나 모르겠습니데. 노곤하실 낀데 얼른 안으로 드이소."

녀석은 갑자기 바뀐 아저씨의 태도에 어리둥절한 모습이었다. 박 씨 아저씨는 그런 녀석의 등을 떠밀며 여관 안쪽 복도로 향했다.

우리의 걸음이 멈춘 건, 복도의 맨 끝이었다. 방이랄 것도 없이 작은 쪽문 하나가 전부였다. 하지만 박 씨 아저씨가 그 특유의 간사한 웃음을 지어 보이며 쪽문을 열자, 쪽문을 따라 시선을 옮기던 녀석의 입이 서서히 벌어지기 시작했다.

그곳에는 세 살배기 만한 나무들이 양옆으로 줄지어 선 근사한 정원이 있었다. 어쩌면 이 집의 진짜 주인일지도 모를 거대한 팽나무 아래, 작은 물레방아가 쉼 없이 돌아가고 연못 속에선 화려한 잉어가 꼬리를 흔들어 댔다. 그리고 그 모든 것을, 커다란 기와집이 인자한 노인처럼 내려다보고 있었다.

나라가 망하면서 함께 망해 버렸다는 양반 가문의 집은 여전히 보는 이의 눈을 휘어잡을 만큼 거대하고 고풍스러웠다. 이곳이 바로 덕성 여관의 안채였다.

녀석에게 방을 안내한 뒤, 나는 아저씨와 약간의 얘기, 사실은 일방적인 협박을 들은 후에야 풀려날 수 있었다. 아저씨는 요즘 내가 자주 농땡이를 치고 있다는 사실을 다 알고 있다며, 앞으로도 계속 이런 식이면 삼시 세끼를 모두 챙겨 줄 수 없다는 협박을 해 댔다. 치사하게 밥으로 말이다!

내가 아무리 녀석을 들먹이며 농땡이가 아니라 호객하러 나간 것이라고 말해도 통하지 않았다. 아저씨는 눈을 게슴츠레 뜨며 이렇게 답했다.

"야, 이놈아. 차라리 어데 가서 자고 왔다 케라. 니가 아침도 안 묵고 일하러 갔다꼬?"

"아, 진짜예요. 자다가 손님을 어떻게 데려와요? 죽자 살자 뛰어다녀서 간신히 데려왔구먼."

"지랄한다. 우째 하나 얻어 걸렸겠지. 잔말 말고 이따가 기영이 보거든 저녁에 좀 오라 케라."

"형 벌써 나갔어요?"

"나갔으니까 오라 하는 거 아이가."

아 진짜, 괜히 나한테 신경질이야.

간신히 아저씨에게서 풀려나 방으로 들어가자 녀석이 깜짝 놀라 엉덩방아를 찧었다. 밖에서 무슨 말을 하나 엿듣기 위해 방문에 바짝 붙어 있었던 모양이었다. 민망한지 연신 헛기침을 해 대는 녀석에게 나는 내가 할 수 있는 최대한 심각한 표정을 지으며 말했다.

"여기서 쓸데없는 얘기 꺼내면 절대 안 돼. 보다시피 여긴 여관이라 별의 별 사람들이 다 왔다 갔다 한단 말이야. 혹시라도 우리가 이 가방을 가지고 있단 사실이 들통 나는 날엔……."

나는 손을 들어 녀석의 목을 긋는 시늉을 했다. 그러자 녀석이 내 손을 툭 쳐 내며 잔소리 듣는 아이 같은 얼굴로 말했다.

"당연한 얘기는 뭐하러 하냐? 그건 됐고, 이런 방 말고 좀 괜찮은 방은 없냐?"

땡전 한 푼도 없는 게 뭐 괜찮은 방? 확 그냥 쫓아내고 길바닥에
재워 버릴까 보다.

녀석은 내 성질을 건드리려고 작정을 했는지 꼴 보기 싫은 짓만 골
라 했다. 머리 밑에 손을 받치고 벌러덩 눕더니 방이 작다는 둥, 이불
이 어떻다는 둥, 경성에 있는 건 뭐든 고급품인 줄 알았더니 이 여관
을 보니 경성도 별 거 아니라는 둥, 발을 까딱대며 지껄이는데 정말
이지 양말이라도 쥐어뜯어 버리고 싶은 심정이었다.

"내가 가방만 안 잃어버렸어도 이런 여관이 아니라 경성에서 최고
로 좋은 호텔에 묵었을 몸이라고."

그래, 녀석을 쥐어뜯기 전에 확실히 해 줄 필요가 있었다.

"그 가방 안에 뭐가 있는데?"

"너 같은 놈은 말해 줘도 몰라."

녀석은 건방진 자세로 누워 그렇게 말할 뿐이었다.

재수 없는 자식!

"뭐가 있는지 알아야 찾든 말든 할 거 아냐. 돈뭉치 같은 거면 벌써
털렸을 가능성이 훨씬 높잖아."

"돈은 없어져도 상관없어. 그것만 있으면."

"그게 뭔데?"

나는 눈을 동그랗게 뜨고 호기심 많은 아이처럼 녀석을 바라보았
다. 녀석은 여전히 발을 까딱까딱 흔들고 있었다.

"금덩어리나 고급 장신구, 뭐 그런 거야?"

44

"금덩어리 같은 소리하고 있네."

"아, 그럼 뭔데? 그거 진짜 소 한 마리 값보다 더 되는 게 맞긴 맞는 거냐?"

내 말에 녀석이 벌떡 일어나 앉았다.

"사내로 태어나서 그깟 걸로 거짓말할 놈으로 보여, 내가?"

나는 그렇다는 의미로 녀석을 빤히 쳐다보았다. 그러자 녀석은 도둑으로 오해 받은 사람처럼 두 손을 치켜들며 하늘을 향해 소리쳤다.

"하늘에 계신 조상님들을 걸고 맹세할 수 있어. 사람을 뭘로 보고 말이야."

나는 박 씨 아저씨가 뭔가 수상쩍은 냄새를 맡았을 때 으레 그러는 것처럼 눈을 가늘게 뜨고 녀석을 노려보았다.

"그래서 그게 뭔데?"

"뭘 그렇게 꼬치꼬치 캐물어? 네가 순사라도 되냐?"

녀석이 버럭 소릴 지르더니 고약한 노인처럼 옆으로 팽 돌아누웠다. 나는 목청을 가다듬고 최대한 아무렇지도 않은 목소리로 물었다.

"찾으면 얼마나 떼 줄 건데?"

"뭐?"

녀석은 마치 내가 청나라 말로 떠들기라도 했다는 것처럼 어리둥절한 표정으로 나를 보았다.

"그 가방 찾는 거 도와주면 얼마나 떼 줄 거냐고."

"미쳤냐? 너 때문에 잃어버린 건데!"

"그게 왜 나 때문인데? 쫓아온 네 잘못이지."

내 말에 얼굴이 시뻘게진 녀석이 주먹을 꽉 움켜쥐었다.

"이게 진짜!"

나는 녀석의 주먹이 날아오기 전에 잽싸게 종이 뭉치 가방을 녀석에게 들이밀었다.

"너, 이 가방이 누구 거라고 생각해?"

내 말에 녀석이 무슨 소리를 하냐는 듯 눈썹을 찌푸렸다.

"누구 건지는 중요한 게 아니지. 문제는 저 가방 안에 총이 들어 있다는 거고, 총보다 더 무서운 종이 뭉치가 들어 있다는 거야. 저 종이 뭉치가 단 한 장이라도 밖으로 새어 나가면 우리 둘 다 끝장이라고."

"그깟 종이 뭉치가 뭐라고 끝장이 난다는 거냐?"

"그냥 종이가 아니라고. 무려 창씨개명 반대 전단이란 말이야."

나는 목소리를 낮춰 심각한 목소리로 말했다. 그러자 녀석이 겁에 질린 아이처럼 벌떡 일어나 앉았다.

"창씨개명?"

"아, 창씨개명이 무슨 말이냐면 말이지. 나도 그게 지금 확실하지는 않은데…… 야, 너 지금 내 말 듣고 있어?"

"어? 어."

뭐야, 갑자기. 얼빠진 표정이나 짓고.

"하여간 이 위험한 가방을 가지고 있는 이상 우리는 한 몸이라는 뜻이지. 우리가 힘을 합쳐서 이 가방도 처리하고 네 가방도 찾아야 한단 말이야. 어때?"

"총 맞았냐? 내가 왜 너 같은 놈이랑 힘을 합쳐?"

"내가 이런 말은 안 하려고 했는데. 이래 봬도 내가 다년간 가방 꽤나 훔쳐 본 사람으로서 그쪽 분야에는 꽤 소질이 있는 편이거든."

"뭐?"

녀석은 태어나서 그런 헛소리는 처음 들어 본다는 표정으로 나를 바라보았다.

"싫음 말고. 나야 뭐, 손해 볼 것도 없으니까."

나는 벽에 등을 기대고 손톱을 다듬는 척 심드렁한 얼굴로 거드름을 피웠다. 그러자 녀석이 한참 만에 입을 열었다.

"진짜 찾을 수 있긴 한 거야?"

나는 두말하면 잔소리라는 듯 손을 까딱거렸다.

"뭘 얼마나 원하는데?"

"이제 말이 좀 통하네. 그럼 자세한 건 차차 정하기로 하고, 인사부터 할까? 나는 최용이다. 넌?"

"송주학."

우리는 어색한 악수를 나누고 공동의 목표를 위해 자리에서 일어섰다. 비록 녀석의 주먹에 힘이 들어가 있고 내 손에는 여전히 두려운 가방이 들려 있었지만.

살아남는 것보다
가치 있는 일

노릇하게 구워진 생선을 보자 입에 침이 고였다. 기영이 형이 오니 반찬부터 달라졌다. 그런데 뭔가 이상했다. 꼭 젓가락 없이 밥을 먹는 기분이었다. 제대로 반찬을 집을 수 없어서 불편하고 어색한 느낌이 랄까.

이상하게 느낀 건 나뿐만이 아니었다. 미향이도 박 씨 아저씨 눈치를 보느라 제대로 밥을 먹지 못하고 있었다. 형은 아예 처음부터 숟가락도 들지 않고 아저씨만 바라보았다. 그제야 뭐가 빠진 건지 느낌이 왔다.

잔소리!

밥 먹는 시간은 항상 잔소리로 시작해서 잔소리로 끝났다. 아저씨는 밥값도 못하면서 무슨 밥을 그리 많이 먹느냐는 것부터 시작해서 반찬이 어떻다는 둥, 밥값으로 여관 말아먹게 생겼다는 둥, 온갖 말들을 퍼부었다. 심지어는 일부러 잔소리해서 밥맛을 떨어뜨리려는 것 같다는 생각이 들 정도였다. 그런데 어쩐 일인지 오늘 아침은 아저씨가 한마디도 하지 않고 있었다. 심지어 반찬에 귀한 생선이 구워져 나왔는데 말이다.

"아빠 어디 아파?"

정적을 참지 못한 미향이가 먼저 말을 꺼냈다. 뭔가를 골똘히 생각하던 아저씨가 옆구리를 찔린 사람처럼 어깨를 움찔거렸다.

"무슨 일 있어? 아침에 보고 저녁에 또 오빠 부른 것도 이상하고."

"일은 무신 일. 그냥 밥 묵자고 부른 기지. 기영아 근데 니 얼굴이 와 그라노? 어데 아프나?"

"잠을 좀 못 자서 그런가 봐요."

아저씨의 걱정에 형이 어색한 웃음을 지으며 뺨을 문질렀다.

"젊은 놈이 잠을 와 못 자노. 용이 이놈은 하루 종일 팽팽 놀고도 잘 자드면."

팽팽 논다니요. 누구 덕분에 낮에 일을 하도 힘들게 해서 밤만 되면 정신없이 곯아떨어지는데요.

미향이는 아저씨가 생선에 대해 별말이 없자 연신 생선 살을 발라 기영이 형 밥그릇에 올려 주었다. 형이 말없이 씨익 웃자 미향이가 입술을 오므리고 수줍게 웃었다.

"많이 먹어, 오빠."

얼씨구. 지금 밥상머리에서 뭣들 하는 건데?

나는 형의 밥 위에 올려 진 하얀 생선 살을 빤히 보다가 숟가락 가득 밥을 퍼서 입에 쑤셔 넣었다.

"느그 내일 어데 갈 데가 있다."

"어딜요?"

"경성부청."

뜬금없이 부청이라니?

"그냥 가서 신고서만 내면 된다. 금방 끝나니까 기영이 니도 잔말 말고 따라온나."

도통 무슨 일인지 감이 잡히지 않는 나와 달리, 형은 뭔가를 알고 있다는 듯 미간에 깊은 주름을 만들었다.

"창씨개명인가 뭐시긴가 해야 한다 안 카나."

아저씨의 말에 목구멍으로 넘어갔던 밥알이 도로 튀어나오는 줄만 알았다. 캑캑대는 나를 두고 미향이가 눈을 동그랗게 뜨며 물었다.

"그게 뭔데?"

형이 조용히 젓가락을 내려놓았다.

"조선인 이름을 내지식(일본식)으로 바꾸라는 거야."

형이 긴 한숨을 내쉬었다. 미향이는 도무지 무슨 말인지 모르겠다는 듯 형과 아저씨를 번갈아 바라보며 눈을 깜빡였다.

"요새 사람들 모였다카믄 그 얘기 아이가. 벌써 한 사람도 제법 된다 카드라. 아무래도 심상치가 않다."

미향이가 나를 보며 눈썹 산을 만들었다. 무슨 얘긴지 아느냐는 물음이었다. 나는 애써 눈길을 피하며 입안으로 밥을 쑤셔 넣었다. 미향이는 그런 나를 향해 못마땅한 눈을 흘기고는 형 쪽으로 바짝 당겨 앉았다.

"그럼 내 이름을 내지식 이름으로 바꿔야 한단 말이야? 아이, 싫어. 내지 이름은 이상하단 말이야."

"쓰읍, 시끄럽다. 니는 밥이나 무라."

아저씨의 핀잔에 미향이가 입술을 샐쭉거렸다.

"어데 하기 싫다고 안 하고, 하고 싶다고 하는 건지 아나. 내일 다 같이 가는 기다. 그래야 부청 직원이고, 순사들 보기에도 좋을 거 아이가."

"전 안 가요, 아저씨."

형이 제대로 뜨지도 않은 숟가락을 놓으며 말했다. 아저씨도 젓가락질을 멈추었다. 예상했다는 듯 아저씨의 입에서 작은 한숨이 나왔다.

"니도 인력거 일 계속할라믄 잔말 말고 바꿔라."

"제 생각은 이미 아침에 다 말씀 드렸어요."

형은 고개를 돌리고 어딘지 모를 곳을 향해 화난 눈을 치켜떴다.

"그기 뭐 그래 힘든 일이라고 그라노. 그냥 눈 한 번 딱 감고 바꾸면 되는 기라."

"아저씨!"

"내도 다 들은 게 있으니까 이라는 기다. 니도 돈을 벌어야 연해주에 한 푼이라도 부칠 거 아이가."

아저씨의 말에 형의 어깨가 미세하게 떨려 왔다. 형네 가족은 아버지가 죽고 나서 모두 연해주로 이주해 갔다. 형 혼자 이곳으로 와 매일 악착같이 일했다. 몸이 아파도 일하고 비나 눈이 와도 일했다. 하루도 쉬는 날이 없었다.

그날 경성역에서도 그랬다. 시뻘건 얼굴을 하고서도 인력거를 끌었다. 돌아가신 아버지를 대신해서 연해주에서 고생하고 있을 어머니와 동생을 위해서였다. 형이 경성에 와서 열심히 사는 이유는 오로지 가족, 가족 때문이었다.

아저씨 말이 맞다. 이름을 바꾸는 일이 뭐 그리 힘든 일이겠는가. 적어도 형에게 가족은 살아가는 이유였다. 이름 때문에 살아가는 이유를 잃을 수는 없는 일이다. 게다가 세상에는 이름을 바꾸는 것보다 더 골치 아픈 일이 널리고 널렸다.

하지만 형은 그렇게 생각하지 않는 모양이었다. 형이 얼굴에 주름을 없앴다. 아니 모든 표정을 없앴다고 하는 게 맞겠다. 하얀 얼굴에 표정마저 없애니 글자 하나 쓰여 있지 않은 하얀 종이처럼 막막해 보였다. 형은 그 하얀 종이에 약간의 티끌도 허용하지 않겠다는 듯 자리에서 일어섰다. 아저씨가 형의 발걸음을 붙잡으려는 듯 방문을 나서는 형에서 소리쳤다.

"연해주 있는 어무이를 생각해라."

하지만 아저씨의 말은 형의 옷자락도 스치지 못한 채 공중에서 흩어져 버렸다.

아직 해도 뜨지 않은 이른 새벽녘이었다. 울고 있는 아이의 시선 끝에는 한 남자가 서둘러 멀어지고 있었다. 아이가 쫓아오지 못할 만큼 빨리 달렸으나 아이의 시선이 쫓아가기에는 충분한 속도였다. 버려진 아이는 한동안 그곳을 멍하니 바라보았다.

이것이 내 기억의 시작이다. 어째서 내 기억은 그 이전도, 이후도 아니고 버려졌던 그 순간부터 시작하고 있는 걸까.

그날 나를 제일 먼저 발견한 사람은 까마귀 아줌마였다. 우는 소리에 움막 밖으로 나와 보니 내가 있었다고 했다.

넌 누구냐, 왜 여기 있느냐, 어디서 왔느냐, 몇 살이냐, 이름이 뭐냐. 아줌마는 내게 질문을 해 댔다. 어린아이였던 나는 입을 꾹 다물었다. 몰라서 말을 안 한 건지 무서워서 못한 건지는 모르겠지만 어쨌든 나는 벙어리처럼 입을 다물었다고 했다.

"카악 퉤. 재수 없게 왜 여기다 버리고 지랄이야. 입 하나 더 늘리기 싫음 어디 갖다 버리라고 해."

유난히 수염이 많고 눈이 쭉 찢어 올라간 왕초가 침을 뱉으며 말했다. 하지만 나는 어디에도 버려지지 않았다. 마음씨 곱고 인정 많은 사람들이 어린아이라고 감싸 줘서라고 생각하면 큰 오산이다.

거지촌 사람들은 모두 알고 있었던 것이다. 그곳이 사람 사는 세상의 끝자락이라는 것을. 더는 버려질 수도 피할 길도 없었다. 거지촌에서 할 수 있는 일은 두 가지였다. 살아남거나, 그렇지 않거나.

"어디서 거지발싸개 같은 놈이 들어와서는. 어이, 발싸개! 너 입 안

닥쳐?"

여기서 중요한 것은 왕초가 버려진 아이에게 울지 말라며 윽박지르는 매정한 모습이 아니다. 중요한 것은 왕초가 내게 '발싸개'라고 불렀다는 것이다. 그가 그렇게 부르기 시작한 순간 그건 내 이름이 되었다. 거지촌 사람들의 이름은 다들 그렇게 정해졌다. 그러니 나는 발싸개로 불릴 운명이었다. 하지만 놀랍게도 왕초가 내게 발싸개라고 말하는 그 순간 나는 그의 눈을 똑바로 바라보고 내 이름을 말했다.

"최용."

"뭐?"

"내 이름은 최용이에요."

그다음 무슨 일이 벌어졌다고 생각하는가? 아이가 드디어 입을 열었다는 것에 놀라워했을까? 자신의 이름을 똑바로 말하는 아이에게 범상치 않음을 느꼈을까?

웃기지 말라지. 그다음 벌어진 일은 주먹질이었다.

"이 새끼가 지금 뭐라 그런 거야."

왕초의 주먹이 내 머리통을 갈겼다. 나는 넘어졌고 애벌레처럼 몸을 둥글게 말아야 했다. 아이들이 재미삼아 나무막대로 애벌레를 쿡쿡 찌르듯이 왕초의 주먹이 온몸에 쿡쿡 박혔다.

"머리에 피도 안 마른 새끼가 어른이 말하는데 말대답이나 하고, 이 발싸개 같은 새끼가."

온몸을 두드려 맞고도 나는 발싸개라 불렸다. 모두가 나를 그렇게

54

불렀다. 어이, 발싸개. 너 오늘 구걸해 왔어? 발싸개, 나가서 물 좀 떠와라. 발싸개 어디 갔느냐, 이놈 또 다리에 올라간 거 아녀? 발싸개, 발싸개, 바알싸아개애!

나는 사람들이 나를 발싸개라 부를 때마다 메아리처럼 꼭 내 이름을 말했다. 머리를 쥐어박히면서도 그랬다. 왜인지는 모르겠지만 나는 그랬다. 제 부모 얼굴도 기억이 안 나면서 그게 내 이름이라고 확신했던 모양이다. 참 우습게도 나는 그 이름에 매달렸다.

"그건 내 이름 아니야! 나는 용이야, 최용!"

"워매, 용 새끼가 와부렸네잉."

내 이름을 들은 사람들은 배를 잡고 웃었다. 버려졌으니 평생 거지로 살거나 떠돌다 죽을 운명인 아이치고는 너무 큰 이름이었기 때문이다. 사실 거지촌에서 성과 이름을 가진 사람은 나뿐이었다. 그래서였을까, 지독한 괴롭힘은 끝없이 이어졌다.

이름을 가진 이에 대한 질투였는지, 기다림을 가진 사람에 대한 질투였는지는 모르겠지만 아이들 사이에서 나는 끔찍한 따돌림을 당했다. 아무도 내게 먹을 것을 주지 않았다. 까마귀 아줌마가 가끔 내게 먹을 것을 챙겨 주면 덩치 큰 아이들이 내 몫을 뺏어 갔다.

어른들은 모른 척했다. 입 하나를 덜기 위해 내가 견디지 못하고 죽길 바랐을지도 모르겠다. 하지만 나는 살아남았다. 악착같이 살았다. 그게 내가 할 수 있는 최선이라는 듯이.

발싸개란 이름은 내가 정확히 나보다 두 배는 더 큰 아이의 귀를 물어뜯은 사건이 있기 전까지 쭉 나를 따라다녔다.

녀석은 또래 중에서 가장 덩치가 좋고 힘이 센 아이였는데 한여름 모기처럼 끈질기게 나를 따라다니며 못살게 굴었다.

"용은 무슨, 지렁이도 안 되지. 용이 태어날 줄 알았는데 지렁이가 나오니까 네 인생은 끝난 거라고. 처음부터 지렁이라 불렸으면 버려지지도 않았을……아아악! 악! 아악!"

어른들이 말리지 않았더라면 녀석의 왼쪽 귀는 떨어져 나갔을지도 몰랐다. 이가 빠져 듬성듬성한 왕초가 녀석의 너덜너덜한 귀를 보며 껄껄 웃었다.

"야, 이 새끼 이거 용 맞네, 용."

녀석의 너덜거리는 귓불은 사람들에게 내 이름을 떠올리게 만들었다. 그렇게 나는 내 이름을 찾을 수 있었다.

그래서, 내게 뭐가 남았지?

이름은 내게 먹을 것을 주지도, 괴롭힘에서 벗어나게 해 주지도, 따뜻한 말 한마디도, 위로도, 손짓도, 아무것도 해 주지 못했다. 오히려 나를 괴롭히는 아이들을 부추기기만 했을 뿐이었다. 나는 점점 더 말라 갔다. 더 이상 자라지 못했다. 이름을 찾은 대가는 혹독했다.

그래서 나는 창씨개명에 몸을 떨던 형을 이해할 수 없었다. 그 어떤 것도 살아남는 것보다 가치 있는 일은 없다. 사람은 살기 위해서 무슨 짓이든 하니까.

거지였던
소년

늘 그랬듯 경성역은 낯선 사람들로 차 있지만 변한 것 하나 없는 모습이었다. 찹쌀떡에 이쑤시개를 꽂은 것 같은 동그란 돔도, 그 위에 어질러진 전신주도, 허리부터 발목까지 이불을 돌돌 말아 묶어 놓은 것 같은 기모노를 입은 여자들의 종종걸음도 모두 그대로였다. 다른 점이 있다면 내 먹잇감이던 멍청한 모던보이가 지금은 내 옆에 있다는 사실이었다.

가방을 찾아 네 번째 골목을 돌았을 때, 주학이의 얼굴에서 믿음과 신뢰 따위는 찾아볼 수 없었다. 상황이 그쯤 되자 나도 인정할 수밖에 없었다.

"뭐, 생각보다 조금 오래 걸릴 수도 있겠네."

그러자 주학이의 눈에 역시 믿을 걸 믿어야 했다는 자책 같은 것이 떠올랐다. 나는 괜히 민망한 마음에 버럭 소리쳤다.

"설마 가방이 기다리고 있다가 짠 하고 나타날 거라고 생각한 건 아니지?"

녀석이 무서운 얼굴로 나를 노려보았다. 어째 상황이 심상치 않다 싶더라니 녀석이 득달같이 달려와 내 멱살을 흔들었다.

"개자식, 이게 다 너 때문이야!"

"이거 놓고 말해!"

숨이 막혀 얼굴이 빨개진 나는 녀석의 손등을 탁탁 쳐 댔다. 하지만 녀석은 전혀 놓아줄 생각이 없다는 듯 더욱 힘을 주어 내 멱살을 잡았다. 그 이글거리는 조그만 눈으로 당장이라도 나를 불태워 버리겠다는 듯이 말이다.

"뭐? 가방 찾을 방법을 알고 있어? 소질이 어쩌고 어째?"

"이거 놓고 말하라니까!"

녀석의 손에서 풀려난 나는 잔뜩 신경질을 내며 구겨진 옷을 탁탁 털어 냈다.

"그래서 네가 말한 방법이 가방을 찾을 때까지 경성역 뒤지는 일이냐?"

"당연히 아니지."

"그럼 뭔데!"

"네 가방 가져간 놈이 누군지 찾아야지."

"그걸 누가 아는데?"

주학이가 주변을 둘러보며 물었다. 빠르게 오가는 사람들을 따라

녀석의 눈동자가 움직였다. 나는 광장 한구석을 가리켰다. 내 손가락
을 따라 시선을 돌리던 주학이의 얼굴이 종잇장처럼 구겨졌다.

"너 설마 거지랑 아는 사이라는 건 아니지?"

"왜 아니라고 생각하는데?"

녀석이 믿기지 않는다는 얼굴로 나를 바라보았다.

"아니 어떻게 거지를…… 아니, 그것보다 거지한테 뭘 물어본다는
거야?"

"네 눈에는 쟤가 그냥 거지로 보여? 쟤, 누렁이야. 경성에서 일어나
는 일은 총독보다 많이 알고 있다고. 총독만큼 역겨운 놈이기도 하지
만."

주학이가 눈썹을 찌푸리며 나를 위아래로 훑었다. 계속 상대를 해
야 하나 말아야 하나 고민하는 눈치였다. 그러고는 뭐가 불만인지 거
지 이름이 누렁이냐는 둥, 어떻게 개도 아니고 사람 이름이 누렁이
일 수 있냐는 둥, 끝없이 중얼거렸다.

누렁이를 무시해서는 절대로 안 된다. 거지라고 해서 아무 곳에서
나 구걸을 할 수 있는 건 아니다. 거지에게도 엄연히 구역이라는 게
있다. 경성역에서 구걸할 정도면 거지 중에서도 상거지, 그러니까 보
통이 아니라는 뜻이다.

왕초도 누렁이는 웬만해서는 건드리지 않는다. 절대로 그 속을 알
수 없을 만큼 속이 누렇다고 해서 이름도 누렁이로 붙여진 것이다.

"한 푼 줍쇼. 한 푼만 줍쇼."

나는 동냥 그릇을 톡 치며 내가 왔음을 알렸다. 제멋대로 헝클어진 머리가 벌떡 솟아올랐다. 누런 이가 씨익 드러나더니 환히 웃었다. 누렁이 무리 중 한 명인 딱지였다.

일단은 누렁이에게까지 손을 뻗치지 않는 게 중요했다. 가까이해서 좋을 게 하나 없는 놈이기 때문이다. 그래서 나는 누렁이를 찾는 대신 딱지를 찾았다.

딱지는 누렁이가 유일하게 경성역에 데리고 다니는 사람이었다. 누렁이가 햇볕이 드는 광장에서 구걸한다면 딱지는 그늘지고 사람이 많이 다니지 않는 구석에서 구걸하긴 하지만 말이다.

딱지는 어릴 적부터 종일 누렁이 옆에만 딱 달라붙어 있다고 해서 딱지라 불렸다. 약삭빠르게 사람을 이용해 먹는 걸로 유명한 누렁이가 아무 이유도 조건도 없이 딱지를 데리고 다니자 항간에는 둘에 대해서 소문이 많았다. 딱지가 누렁이 동생이라는 얘기도 있었고 생명의 은인이라는 말도 있었는데, 내 생각에는 전부 얼토당토 않는 헛소문이다. 아마 모르긴 몰라도 누렁이가 딱지를 데리고 다니는 이유는 이용해 먹기 좋아서 그럴 것이다. 딱지는 어릴 적 마마에 걸려서 죽다 살아난 후로 몸은 자랐지만 생각은 일곱 살에 멈춰 버린 바보였기 때문이다.

"오늘 내내 여기 있었지?"

딱지가 고개를 끄덕였다.

"어제도 내내 있었고?"

질문은 내가 했는데 딱지의 시선은 주학이에게로 가 있었다. 무슨 생각을 하는지, 딱지는 주학이를 가만히 바라보더니 불쑥 동냥 그릇을 내밀었다.

"한 푼만 주라. 딱지 오늘 아무것도 못 먹었다. 배고프다. 한 푼만 주라."

주학이가 뒤로 한 발짝 물러나며 인상을 팍 구겼다.

"애, 한 푼도 없어. 돈이 든 가방을 잃어버렸거든."

뒤에서 그냥 가자는 목소리가 들렸다. 슬쩍 보니 주학이 녀석은 주머니에 손을 넣고 삐딱하게 선 채, '저 거지새끼한테서 뭔가 얻어 내면 내 손에 장을 지진다'는 표정으로 서 있었다.

"용이가 가져갔다. 그래서 막 도망갔다. 내가 다 봤다."

"그래 내가 가져갔지. 나 도망가고 나서 저기 가방 하나 남지 않았어? 자기 가방이 아니라고 하는 사람이 있었다든가, 다른 가방을 막 찾고 있었다든가, 어?"

누렁이는 입을 헤 벌리고 눈만 끔벅였다. 내가 잘 좀 생각해 보라며 다그치자 주학이가 내 어깨를 돌려세웠다.

"뭐? 총독부 다음으로 뭐가 어쩌고 어째? 아오, 혹시나 했던 내가 미친놈이지. 거지새끼 안다고 할 때 알아보았어야 하는 건데."

주학이가 으르렁대는 동안 딱지가 가만히 녀석을 바라보았다. 그러더니 기억났다는 듯 눈을 둥그렇게 뜨고 말했다.

"내가 다 보았다."

딱지의 말에 나와 주학이의 시선이 마주쳤다. 나는 침을 꿀꺽 삼키고 물었다.

"그 사람이 누군데?"

"옷이 새카맸다."

그래. 그랬겠지. 경성 바닥에 옷이라곤 죄다 하얗고 까만 옷들뿐이니까. 주학이가 그새를 못 참고 딱지에게 달려들었다.

"누군지 알아? 얼굴 보았어? 어디로 갔는데?"

한꺼번에 질문이 쏟아지자 딱지의 입이 서서히 벌어지기 시작했다.

"안 돼! 정신 차려. 입 벌리지 말란 말이야!"

서둘러 딱지의 턱을 밀어 입을 닫아 보았지만 소용없는 일이었다. 딱지가 입을 벌렸다는 건 머릿속을 비웠다는 뜻이다. 그러니까 한마디로 쪼다 같은 상태라는 말이다.

"야, 이 자식 이거 왜 이러는 거야? 왜 말을 하다 말아?"

"됐어. 벌써 글러 먹었어."

나는 뒤돌아서서 광장 한 귀퉁이, 가장 사람들이 많이 지나다니는 볕 좋은 곳에 서 있는 누렁이를 바라보며 중얼거렸다.

"넌 그냥 입 다물고 있는 게 좋겠다."

내가 처음 덕성 여관에 가게 되었을 때 거지촌의 앉은뱅이 노인은 내게 온갖 욕과 상스러운 저주를 퍼부었다. 하늘에서 복이 떨어졌으니 곧 벼락이 떨어져 죽을 거라나 어쨌다나. 하지만 그건 어디까지 예전의 일을 마음에 두고 한 말이었다. 당시 내가 노인의 밥 심부름을 했었는데, 그때 내가 밥을 한 입씩 빼돌렸던 일을 마음에 담고 있었던 것이다.

왕초는 내가 여관 보이로 일하게 되었다는 사실을 듣고 아주 기뻐했다. 내 핑계를 대고 여관에서 음식을 얻어먹을 생각이었던 것이다. 물론 박 씨 아저씨에게 세 번의 소금 세례와 입에 담을 수 없는 쌍욕을 들은 다음부터 잠잠해지긴 했지만 말이다.

누렁이는 왕초보다 한 수 위였다. 내게 일주일에 두서너 번씩 음식을 가지고 나오라고 했다. 처음에는 내가 음식을 가져다주지 않으면 자신은 굶어 죽을 거라며 동정을 앞세워 협박했다. 그다음은 좀 더 대담했다. 내게 돈이 될 만한 뭔가를 빼돌리라고 했다.

"내가 왜 그래야 하는데?"

누렁이는 내 말에 씨익 웃었다. 꼭 할 필요는 없다고 했다. 대신 내가 앉은뱅이 노인의 음식을 상습적으로 훔쳐 먹었다는 걸 박 씨 아저씨에게 말하겠다고 했다.

"도둑놈을 집 안에 들이려는 사람은 없을걸, 쿵."

나는 여관에서 쫓겨나 다시 거지촌으로 돌아가고 싶지 않았다. 누렁이가 무슨 짓이든 할 놈이란 걸 알고 있었기에, 나는 오랜 시간 동안 누렁이에게 휘둘릴 수밖에 없었다.

누렁이 녀석은 자신의 이익을 위해서라면 감탄할 만큼 머리가 잘 돌아가는 녀석이었다. 그래서 그동안 누렁이와 얽히지 않기 위해 애

썼는데, 내 발로 놈을 찾아가야 한다니…… 끙.

"어. 왔냐, 큭."

내가 다가서자 누렁이가 먼저 인사를 건넸다. 제멋대로 헝클어진 머리와 땟국물이 줄줄 흐르는 얼굴, 말끝마다 콧잔등을 찌푸리며 큭큭대는 버릇도 여전했다.

"일이 잘 안 풀렸나 봐? 큭."

누렁이가 내 뒤에 서 있는 주학이를 턱으로 슬쩍 가리키며 물었다. 주학이는 누렁이의 거만한 태도가 마음에 들지 않았는지, 험상궂은 얼굴로 이쪽을 보고 있었다.

"문제가 좀 생겼어."

"그러게 큭. 잘 좀 뛰지 그랬냐. 병신같이 잡히기나 하고 큭."

누렁이는 내가 주학이의 가방을 훔치는 장면부터, 주학이가 내 뒤를 멧돼지처럼 쫓아가는 모습까지 다 지켜보았을 것이다. 그리고 이제는 내가 주학이와 함께 있다는 사실만으로 내게 어떤 문제가 생겼다는 것을, 내가 자신을 찾아왔다는 것으로 결코 가벼운 문제가 아니라는 것을 알아챘을 것이다.

"그게, 가방이 좀 바뀌었나 봐."

그게 무슨 말이냐는 듯 누렁이가 나를 바라보았다.

"저 자식한테 잡히고, 가방을 열어 보았는데 자기 가방이 아니래."

"아! 어쩐지 이상하다 했지, 큭."

녀석의 입가에 묘한 미소가 걸렸다. 보고 있으면 어쩐지 말려들고 있다는 느낌이 들게 하는 바로 그 미소였다.

"네가 쿵, 가방 가지고 튀었을 때 난리가 났거덩. 근데 한 놈이 어딜 갔다 오더니 가방 하나를 부여잡고 계속 왔다리 갔다리 하더라고. 쿵, 저건 또 웬 병신인가 싶어서 쿵, 내가 계속 보았다고."

"알아봐 줄 수 있어?"

"그거야 쿵, 어려운 일도 아니지."

한쪽 입꼬리를 말아 올린 누렁이의 눈동자가 주학이를 향했다. 꿍꿍이가 있는 게 분명했다.

"쿵, 그 가방 얼마 짜린데?"

아니나 다를까 계산하고 있었던 모양이었다. 뭐, 예상했던 일이었다. 나는 일부러 과장된 한숨을 내쉬고 억울하다는 듯 눈썹을 잔뜩 내렸다.

"돈은 무슨. 나더러 그 가방 못 찾아내면 당장 순사한테 끌고 가겠다는데 어떻게 그럼? 괜히 잘못 건드려서 단단히 꼬였다고."

누렁이가 피식 비웃음을 날렸다.

쳇. 통할 거라고 생각하진 않았지만, 씨알도 안 먹힐 줄이야.

"사흘 동안 밥 챙겨 줄게."

나는 그것도 정말 힘든 일이라는 듯 한숨을 쉬며 말했다. 하지만 누렁이는 코딱지를 파며 딴청을 부렸다. 마음에 들지 않는다는 뜻이었다.

"나더러 어쩌라고. 너도 알잖아, 박 씨 아저씨!"

이번에는 내 목소리가 전혀 들리지 않는다는 듯 누렁이가 휘파람을 불며 한쪽 귀를 후벼 팠다. 녀석의 무릎에 올려진 다른 손에는 엄지와 검지가 만나 동그란 원을 그리고 있었다. 돈을 달라는 뜻이었다.

"좋아. 5전!"

휘파람 소리가 멈췄다. 누렁이가 피식 웃더니 자신의 동냥 그릇을 내게 내밀었다. 그 안에는 15전이 들어 있었다.

대체 언제부터 사람들이 거지한테 돈을 주기 시작한 거야?

녀석이 돈을 긁어모아 허리춤에 넣으며 입을 열었다.

"딱 십 원만 줘."

"미쳤어?"

5전짜리 전차 값을 아껴 보겠다고 종일 걸어 다니는 사람한테 십 원을 내놓으라니! 세상에 이런 도둑놈이 어디 있느냐는 말이다. 일 원도 아니고, 십 원이라니! 저 자식이랑 협상하려고 한 내가 미친놈이지.

어쨌든 누렁이를 통해 한 가지는 분명해졌다. 주학이의 가방을 누군가 털어 간 것이 아니라 뒤바뀌기만 했다는 것. 그렇다면 누가 가져간 건지만 알면 되는 일이었다. 주학이의 가방을 가져간 사람도 자신의 가방을 찾으려고 할 테니까.

주학이가 날 쫓아오는 사이, 진짜 주학이의 가방을 가져간 사람은 누구일까? 주학이와 똑같은 가방을 가지고 있었던 사람, 주학이의 가방을 가져간 사람.

순간 머릿속으로 경성역에서 보았던 남자가 떠올랐다. 중절모로 눈을 가린 채, 뒤를 힐끔거리며 서둘러 걷던 남자, 그리고 그 남자의 손에 들려 있던 가죽 가방. 그러니까 그 사람이…….

종이 뭉치 가방의 주인이었다!

낯선
발자국

내가 어쩌자고 그런 일을 벌였는지 모르겠다. 경성역에 가서는 안
되는 거였다. 우리가 가방을 찾고 있었던 것처럼, 그 가방 주인도 가
방을 찾고 있을 게 분명했다. 어쩌면 주학이와 나를 보았을지도 몰랐
다. 그 말은 즉, 날 찾아올지도 모른다는 뜻이었다. 이런 우라질!

종로에 이르자 대나무 숲처럼 빽빽하게 들어선 사람들이 보였다.
나는 여전히 경계를 늦추지 않은 채 사람들 틈을 지나 파고다 공원
쪽으로 걸었다. 종로 신문사 기자들의 심부름을 끝내고 곧장 여관으
로 돌아가야 했다.

"꼭 편집장한테 전해야 한다. 아, 그리고 혹시 나를 찾거든 다른 기
사 준비 때문에 바쁘다고 해. 너무 바빠서 밥도 못 먹고, 잠도 못 잔
다는 말도 꼭 덧붙이고."

"헤헤. 북촌 쪽은 심부름 값이 배라는 거 아시죠?"

심부름 값 얘기를 꺼내자 기자는 파리를 쫓듯 손을 휘휘 저었다. 할 말 다했으니 이만 가 보라는 뜻이었다.

뭐, 바빠서 밥도 못 먹고, 잠도 못 자? 놀고 자빠졌네. 맨날 여자랑 뒹구느라 바쁘겠지.

저 기자는 매번 우리 여관에 올 때마다 여자가 바뀌는 상습범 중의 상습범이었다. 저번에는 짧은 단발머리에 눈이 쭉 찢어진 여자와 오더니 얼마 전에는 눈이 축 처지고 입술을 새빨갛게 칠한 여자와 왔다.

하긴. 그게 나랑 무슨 상관이겠는가. 나는 그냥 심부름이나 하고 돈이나 받으면 그만인걸.

"기자님이 바쁘셔서 심부름 왔어요."

"누구, 박 기자?"

"네. 엄청 바쁘세요. 밥도 못 먹고, 잠도 못 자고 하루 종일 기사만 쓰시거든요. 하루 종일요."

내가 시켜서 어쩔 수 없이 한다는 표정을 짓고 있는데도 멍청한 편집장은 전혀 눈치 채지 못하고 있었다. 그 기자가 팽팽 놀면서 돈 벌어 먹고사는 이유가 뭔가 했더니 편집장이 멍청해서였다. 마른 새우처럼 생긴 기자 하나가 책상에 앉아 꾸벅꾸벅 졸다가 나를 보고는 오라는 손짓을 했다.

"거기 꼬맹이."

누구더러 꼬맹이라는 거야? 당신, 열일곱 먹은 꼬맹이 본 적 있어?

"나가는 길에 이것 좀 맡겨."

마른 새우가 내게 신고 있던 구두를 툴툴 벗어 던졌다.

"밑에 구두 닦는 애 알지?"

아니, 근데 이 양반이. 확 그냥 면상에 던져 버려?

하지만 나는 썩은 된장 냄새가 나는 구두를 집어 들어야 했다. 내가 할 수 있는 일이라곤 또 다른 심부름을 시키지 않도록 잽싸게 신문사를 빠져나오는 일 뿐이었다. 물론 마른 새우의 책상 위에 있던 만년필 한 자루를 슬쩍하는 것도 잊지 않았다.

어려 보이는 것은 누구를 속일 때나 도움이 되지 이럴 때는 영 꽝이었다. 개나 소나 다 나를 우습게 보았다. 키도 작고, 덩치도 작고, 위협이라고는 전혀 느껴지지 않는 외모를 가지고 산다는 건 그런 것이었다.

나는 부러 종로 거리까지 한참을 내려가 구두를 맡겼다. 나를 무시하는 사람들에게 내가 할 수 있는 복수라고는 고작해야 혼자 욕을 하거나 구두를 조금 멀리 맡기는 것 정도였으니까.

불공평하다고 생각했다. 내가 차비를 아끼기 위해 경성을 뛰어다니는 동안 누군가는 코앞에 가는 일에도 인력거나 택시를 불렀다. 자신의 몸보다 세 배는 더 큰 짐을 나르는 지게꾼들이 나흘을 일해서 번 돈을 누군가는 술 한 병으로 날렸다.

일본인은 조선인을 무시하고, 조선인은 자신보다 더 가난한 조선인을 무시했다. 청계천 수표교 밑 거지촌은 모두에게 무시당하는 사람들이 모이는 곳이었다. 그리고 나는 거지촌에서도 가장 무시당하는 사람이었다.

살아남으려고 발버둥 치면 칠수록 삶은 내 목을 더 세게 죄여 왔다. 그래도 살아야 했다. 내 몫의 음식을 주지 않으면 훔쳐서 먹었다. 내 몸을 짓밟으면 최대한 몸을 움츠렸다. 내가 살아남을 수 있는 방법은 그것뿐이었으니까.

망할 놈의 세상. 카악, 퉤!

침을 뱉고 뒤돌아서는데 길 끄트머리에 남자 한 명이 서 있었다. 바람만 불어도 흔들릴 것처럼 끄트머리에 아슬아슬 위태롭게 서 있는 남자, 기영이 형이었다.

두 번이나 형을 불렀는데도 들리지 않는 모양이었다.

그때 안쪽 골목에서 머리를 밤톨처럼 깎은 아이가 형을 밀치고 달려 나왔다. 손등으로 눈물을 훔치며 형의 옆을 스쳐 지나는 아이의 뺨이 빨갛게 부풀어 올라 있었다.

"형?"

나는 형을 부르며 어깨를 돌려세웠다. 일그러진 눈이 나를 바라보았다.

"뭘 그렇게 보고 있어? 몇 번이나 불러도 모르고……."

형이 보고 있던 안쪽 골목에는 열 살 남짓 보이는 사내아이 두 명이 마주 보고 선 채로 서로의 뺨을 때리고 있었다. 그리고 책보를 어깨에 두른 또 다른 아이가 바닥에 앉아 '더 세게 쳐! 그것밖에 못하냐?' 따위의 말들을 지껄이며 킥킥대고 있었다. 책보 아이 옆에는 찢어진 책이 바닥에 널브러져 있었다.

"야, 너희 지금 뭐하는 거야?"

내가 무서운 얼굴로 소리치자 뺨을 때리던 두 아이가 책보 아이의 눈치를 살폈다. 두 아이의 얼굴도 좀 전에 뛰쳐나간 아이처럼 빨갛게 부어 있었다. 하지만 책보 아이는 내 말을 귓등으로도 듣지 않고 왜 멈추느냐며 계속하라고 소리쳤다.

책보 아이가 뺨 때리기를 시킨 모양이었다. 내가 아무리 여기저기서 무시당하는 놈이지만 열 살짜리 애들한테까지 무시당하고 넘어갈 순 없는 노릇이었다.

"이것들이!"

내가 주먹을 어깨 높이까지 올리고 한 걸음 다가서자 형이 나를 잡아 세웠다. 그러고는 그냥 가만히 있으라는 듯 고개를 저었다. 형이 말리니 내 안의 청개구리가 불쑥 튀어나와 소리쳤다.

"야, 인마! 너희 그만두지 못해?"

"형이 무슨 상관이야?"

놀랍게도 그 말을 한 아이는 책보를 두른 아이가 아니라 뺨이 부풀어 오른 아이 중 하나였다. 아파서 눈물을 찔끔찔끔 흘리면서도 뺨 때리기를 계속하겠다는 거였다.

"이십 대씩 다 때려야 장우가 책 빌려 준다고 했단 말이야."

아이가 책보를 두른 아이를 가리키며 말했다. 책보 아이는 불만스럽다는 듯 입술을 삐죽이며 어깨에 멘 책보를 끌어당겨 껴안았다.

"야, 이 놈팽이 같은 놈아. 동무한테 책 하나 빌려 주는 걸 가지고 이런 걸 시켰단 말이야? 그깟 책 안 보고 말지, 너희도 멍청하게 하란다고 하냐?"

"이씨, 알지도 못하면서."

"내가 모르긴 뭘 몰라, 인마!"

뺨 때리기를 하던 두 녀석의 눈에 서러운 눈물이 그렁그렁 매달렸다. 그러자 책보 아이가 고자질하듯 말했다.

"쟤네는 창씨 안 해서 수업도 못 듣고 이제 학교도 못 다니는데!"

아이의 말에 순간 가슴이 철렁 내려앉았다. 창씨개명을 하라는 아저씨의 말에 버럭 화를 냈던 형이 생각났기 때문이다. 나는 얄미운 마음에 책보 아이의 머리를 콕 쥐어박았다.

"그렇다고 동무한테 이런 걸 시키냐, 이 못된 놈아!"

"왜 때려? 학교에서도 창씨 안 한 애들은 다 이렇게 한단 말이야!"

"시끄러워 자식아. 야, 너희들도 그만둬. 그깟 학교 안 다니면 그만이지. 배우려는 마음만 있어 봐. 야학에서도 얼마든지 배우지."

나는 칭찬받고 싶은 아이처럼 형 눈치를 보면서 괜히 야학에 힘주어 말했다. 그러면 형 기분이 좀 풀어질지도 모른다고 생각했다. 씨익 웃으며 야학은 그만둔 주제에 말만 잘한다며 내 어깨를 툭 칠 거라고 생각했다. 하지만 웃음소리는 형이 아니라 책보 아이의 입에서 터져 나왔다.

"야학에 다니면 뭐해? 야학에 일본 말 가르쳐 주는 선생이 있기나 한가?"

"뭐?"

"이제 조선말 쓰면 안 되는 것도 몰라? 학교에서도 조선말은 안 배울 거래. 조선말 책은 다 버려도 된댔어."

책보 아이는 나를 놀리듯 입을 삐죽거리며 찢어진 책을 가리켰다. 뭐라도 해야 했지만 무엇을 해야 할지 몰랐다. 멍청하게 서 있는 내게, 책보 아이가 혀를 날름 내밀더니 뭐라고 할 틈도 없이 도망가 버렸다. 그러자 나머지 두 아이가 울음을 터트리며 책보 아이의 뒤를 따라갔다.

"조선에 살면서 조선말을 안 쓰게 될 거라니. 어처구니가 없네. 안 그래?"

내가 일부러 큰 소리로 말을 걸었지만 형은 가만히 서서 아이들을 집어삼킨 골목길을 하염없이 바라볼 뿐이었다.

"니는 심부름 한 번 갔다 하면 한나절이고."

여관으로 들어서자마자 박 씨 아저씨 잔소리가 달려들었다.

형은 어느새 평소의 형으로 돌아와 사람 좋은 얼굴로 아저씨에게 꾸벅 인사했다. 아저씨는 형이 올 줄 알고 있었던지 어쩐 일이냐고 묻지 않았다. 형 목소리에 안채 방문이 벌컥 열리더니 미향이가 고개를 내밀고 손을 흔들어 댔다.

"오빠!"

저 계집애 눈에는 난 안 보이는 모양이지?

금방까지 오두방정을 떨며 손을 흔들던 미향이는 박 씨 아저씨가 뒤돌아보자 언제 그랬느냐는 듯 얼굴을 굳히며 문을 쾅 닫아 버렸다.

"쟤 또 왜 저래요?"

"저 가시나 성질머리 더러운 게 하루 이틀이가. 아래채에 손님 받았다고 저 난리 아이가. 방 안 옮겨 주면 안 나오겠단다. 문디 가시나."

아저씨는 어쩌다 저런 딸이 나왔는지 모르겠다며 혀를 찼다.

"아래채요? 거긴 손님 드는 방 아니잖아요."

"시끄럽다. 어데 손님 드는 방이 따로 있고 안 드는 방이 따로 있노."

아래채는 부엌과 곳간이 있는 곳이었다. 예전에는 내가 그곳에서 지냈는데, 이 년 전 장마에 처마가 기울어 물이 새는 바람에 방을 옮긴 이후로는 아무도 살지 않았다. 게다가 아래채는 왜식 목조 건물에 가려 햇빛도 잘 들지 않는 데다가, 남산과 바로 연결되는 뒷마당을 바라보고 있어서 으스스한 기분까지 들었다.

웬 거지 같은 놈이 와서 방을 달라면 그 방을 내줄지 몰라도 그곳에 손님을 받는 일은 거의 없었다. 거기에 손님이 든 걸 보니 어지간히 마음에 안 드는 손님이거나 돈이 더럽게 없는 손님인 게 분명했다. 하여간 아저씨 심술보 하나는 알아줘야 했다.

근데 그게 미향이와 무슨 상관이람?

"기영이가 처음으로 데꼬 온 손님을 그런데 모신다꼬 어찌나 난리를 피워 대는지."

그럼 그렇지.

"선생이라 켔제? 쓰다가 불편하믄 바꿔 줄 테니까, 언제든지 말하라 케라."

아이고, 마음에도 없는 소리 하네.

창씨개명 문제로 한바탕한 게 마음에 걸렸던지 아저씨가 저자세로 나왔다.

"감사해요. 아저씨."

"감사는 무신. 니는 전에 쓰던 방 쓰면 되겠제?"

아래채에 묵는 손님은 형이 잠깐 연해주에 있을 적에 형을 가르쳐 준 선생님이라고 했다. 신세를 워낙 많이 졌던 선생님인지라 경성에 왔단 소식을 듣고 형이 꼭 모시고 싶었다고 했다. 그렇게 여관으로 들어오라는 아저씨의 말에도 신세 지기 싫다며 들어오지 않던 형이었지만 선생님을 모시기 위해 당분간 여기서 지낼 모양이었다.

그때 갑자기 미향이가 방문을 벌컥 열고 나오더니 기영이 형을 잡아당겼다. 박 씨 아저씨와의 투쟁에 형을 끌어들이려는 속셈인 모양이었다.

"다 큰 가시나가 남자 끌고 어데 들어가노."

아저씨의 잔소리에 미향이가 보란 듯이 팽 돌아섰다. 형은 영문도 모른 채 끌려가고 아저씨는 미향이가 방문을 닫기 직전까지 잔소리를 퍼부었다. 아무래도 아저씨와 미향이의 전쟁이 제법 오랫동안 이어질 모양이었다.

"누굴 닮아서 싹퉁 머리가 저래 없는지. 저거 시집이나 제대로 가겠나!"

내 말이 그 말이라니까요.

나는 형과 미향이가 들어간 방에서 눈을 떼지 못했다.

"니는 거 멀뚱히 서서 뭐하노. 가서 밥이나 해라."

"제가요?"

"그라믄 내가 할까?"

형과 미향이가 있는 방에서 따뜻한 불빛이 새어 나왔다. 터덜터덜 부엌으로 향하는데 뒤쪽에서 아저씨의 목소리가 들려왔다.

"누룽지도 좀 끓이래이."

나는 부뚜막을 가만히 들여다보았다. 타닥타닥 소리를 내며 나뭇가지들이 타올랐다. 연기가 눈앞을 어질렀다.

누가 보면 기영이 형이 이 집 아들인 줄 알겠네. 나는 키우는 개 정도나 되려나? 쳇. 뭐야, 연기는 또 왜 이렇게 많이 나는데? 아궁이까지 날 무시하겠다는 거야 뭐야.

"야!"

얼씨구. 여기 또 대단한 분 납셨네.

주학이가 부엌문으로 얼굴을 빼꼼 내민 채 속삭였다. 틈틈이 주변을 둘러보는 모습이 누가 보아도 수상한 사람처럼 보였다. 자기가 무슨 비밀 결사라도 되는 줄 아는 모양이었다.

"잠깐 나와 봐. 빨리!"

나는 아궁이를 쑤시던 부지깽이를 그대로 손에 들고 일어섰다. 주학이가 내 옷깃을 방으로 잡아끌었다.

"하루 종일 어딜 그렇게 다니는 거야?"

"난 누구처럼 팔자 좋게 앉아서 놀 시간이 없거든."

그 '누가' 자신을 겨냥한 말이란 걸 알았던지 주학이가 눈썹을 찡그렸다. 나는 별 용건이 아니면 건드리지 말라는 뜻에서 주학이의 얼굴 앞으로 부지깽이를 내밀었다.

"왜 불렀는데? 나 밥하는 거 안 보여?"

흐음. 방금 기분이 좀 나쁘긴 했지만 일단은 넘어가겠다는 듯 헛기침을 한 번 뱉은 녀석이 짐짓 심각한 얼굴로 말했다.

"아까 경성역에 갔다가 네 동무를 만났는데 말이야."

"동무라니? 나한테 동무가 어디 있어?"

"왜 있잖아. 개새끼처럼 킁킁거리는 거지."

"아, 난 또 누구라고."

누렁이는 친구가 아니고 원수라고 말해 줘야 하나 고민하고 있을 때, 녀석이 아무도 없는 방을 괜히 두리번거리더니 목소리를 낮추었다.

"그 자식이 가방에 대해서 너한테 할 말이 있다고 그러더라고. 아무래도 내 가방에 대해 뭔가를 알아낸 것 같은……."

"걘 신경 쓰지 마. 그냥 한 푼이라도 더 받아 보려고 수작 부리는
거야."

"수작?"

"그래. 그러니까 걘 신경 안 써도 돼."

난 또 무슨 대단한 말을 하려고 그러나 했더니 누렁이 수작에 걸
려 넘어간 것뿐이었다. 누렁이가 나를 찾는다면 이유는 뻔했다. 내가
자신과 흥정하기 위해 애걸복걸해야 하는데 하루가 지나도록 별말이
없으니 새로운 협상을 하기 위해서일 것이다. 단호한 내 태도에 녀석
이 제법 당황한 눈치였다.

"너 그 가방은 어쨌는데?"

"무슨 가방?"

"그거. 총 든 가방 말이야. 그 가방, 내가 가지고 있을게."

순간 나는 지금 이 상황이 뭔가 잘못 돌아가고 있다는 것을 깨달
았다. 어제 아침만 해도 자신의 가방 말고는 관심도 없던 녀석이었다.
헌데 지금 그 가방을 자신이 가지고 있겠다고 하는 것이다. 나는 재
빨리 녀석을 훑어보았다. 초조한 듯 쥐고 있는 주먹, 불안하게 흔들
리는 눈동자, 경직된 어깨…….

"왜?"

"왜, 왜긴 뭐가 왜야? 위험하니까 그렇지."

내 말이 바로 그 말이었다. 가지고 있으라고 할까 봐 전전긍긍해야

할 '위험한 가방'을 왜 저 녀석이 가지고 있겠다고 하느냐는 말이다.

"뭘 그렇게 빤히 쳐다봐? 위험하니까 대신 가지고 있어 준다는데. 알아들었으면 이따 몰래 가지고 나와."

"가방 없는데."

"없다니, 왜 없어?"

가방이 없다는 말에 녀석의 목소리가 커졌다. 나는 짐짓 아무렇지도 않은 척 바닥에 앉아 녀석의 반응을 살폈다.

"네 말대로 그 위험한 걸 왜 내가 가지고 있겠냐?"

"그럼?"

"숨겨 놨지."

나는 괜히 부지깽이를 살펴보며 무심하게 대답했다. 녀석이 재빨리 내 앞에 마주 앉아 다시 물었다.

"어디다 숨겼는데?"

"뭘 그렇게 캐물어?"

"아니 뭐. 혹, 혹시 누가 찾을까 봐 그러지."

"걱정 마셔. 아무도 못 찾는데 꽁꽁 숨겨 놨으니까."

아무래도 뭔가 수상했다. 그러고 보니 가방 안에 든 것이 창씨 반대 전단이라고 말할 때 주학이의 표정이 이상했다. 녀석이 무슨 꿍꿍이로 가방을 가지고 있으려고 하는지 알 수 없었지만 한 가지는 분명했다. 이 녀석에 대해 내가 알고 있는 게 별로 없다는 것. 그리고 녀석이 찾고 있는 가방에 뭐가 들었는지조차 알지 못한다는 것.

나는 팔짱을 끼고 주학이를 쏘아보았다.

"네가 찾고 있는 게 뭐냐?"

"뭐냐니?"

"내가 곰곰이 생각을 좀 해 보았는데 말이야. 나는 네 가방에 있는 게 뭔지도 모르고, 네가 어떤 사람인지도 모르고 있더라고."

게다가 네가 창씨 반대 전단과 연관이라도 있을지 알게 뭐야, 라는 말은 하지 않았다. 주학이는 심한 모욕을 들은 사람처럼 얼굴이 딱딱하게 굳었다.

"무슨 뜻이냐?"

"아니, 그렇잖아. 물어보아도 알려 주지도 않고, 돈뭉치도 금덩어리도 아닌데 어마어마한 값어치라는 말뿐이고……."

"문서야."

"무슨 문서? 땅문서, 집문서?"

"비슷한 거야."

"그건 어디서 났는데?"

그러자 주학이 헛기침을 하면서 먼 곳을 바라보았다. 그러면서 아주 작은 목소리로 대답했다.

"아버지 거야."

"아버지 걸 왜 네가 들고 있는데?"

"그건 네가 알 바 없잖아!"

얼굴이 시뻘게진 주학이가 소리쳤다.

이건 뭐 물고기가 입질도 없이 덥석 물어 주는 걸로 모자라 나 잡아 잡솨, 하고 낚싯대를 쥐고 흔드는 수준이었다. 이제 내가 할 일은 잡은 물고기를 육지로 끌고 나오기만 하면 되는 거였다.

"그 귀한 걸 잃어버렸으니 고향에 전보부터 보내야겠네."

"너 지금 나랑 장난하냐?"

주학이가 내 멱살을 잡고 단숨에 들어 올렸다. 손아귀에 힘이 얼마나 세던지 온몸의 피가 얼굴로 솟구치는 것 같았다. 녀석의 성격이 지랄 같다는 걸 깜빡 잊고 있었다. 이럴 줄 알았으면 부지깽이는 계속 들고 있는 거였는데…….

"진, 진정해 봐. 사람이 이성적으로 생각해야 사람이지. 열 받는다고 들이받는 건 짐승들이나 하는 짓……."

"뭐가 어쩌고 어째?"

"아, 아니, 그러니까 내 말은. 난 네 가방 안에 뭐가 들었는지도 모르는……."

"문서라고 했잖아!"

"그러니까 그걸 어떻게……우왁!"

주학이가 나를 방구석으로 내동댕이쳤다. 그러고는 휙 돌아앉더니 코에서 뜨거운 김을 뿜어내기 시작했다. 한참을 씩씩대더니 이윽고 속삭이듯 조용하고 빠르게 대답했다.

"훔친 거야."

"아들이 아버지 걸 왜 훔쳐? 아버지 집이 자기 집이고, 아버지 땅이 자기 땅인데, 가만히 있으면 오는 걸 뭐가 급하다고 훔쳐?"

"난 이제 되돌아갈 수도 없다고!"

녀석이 주먹을 바닥에 쾅 내리치며 소리쳤다. 나는 얼른 녀석의 눈치를 살피며 뒤로 물러났다.

"아, 알았어. 알겠다고. 누군 돈이 싫어서 이러는 줄 알아? 그놈의 지랄 맞은 가방 때문이잖아. 네 가방이랑 종이 뭉치 가방이랑 바뀌었단 말이야. 무슨 말인 줄 모르겠냐? 네가 가방을 찾는 것처럼 누군가 그 가방을 찾고 있단 뜻이야."

하지만 주학이는 내 말에 눈 하나 꿈쩍하지 않았다. 총이고 전단이고 간에 가방을 찾지 못하면 당장 터져 버릴 태세로 어깨를 들썩였다. 이건 무슨 동네 부랑아도 아니고 떡 하니 지키고 서서 가방 찾을래, 같이 죽을래, 협박을 해 대니 미치고 팔짝 뛸 노릇이었다.

"좋아. 그럼 어떻게든 비밀리에 가방을 찾는 걸로 해 보자. 시간이 더 걸리더라도 최대한 그 가방 주인한테 안 걸리는 쪽으로 움직여야 해."

"그건 안 돼. 최대한 빨리 찾아야 돼. 여기서 꾸물거릴 시간이 없다고."

이 자식 이거 고집 한번 끝내주네. 고집이 센 사람일수록 애처럼 살살 굴려가며 꼬드겨야 했다. 뭐 절대로 내가 힘에서 밀린다든가, 부지깽이를 손에 넣지 못해서라든가 해서 하는 말은 아니다.

"그 가방 주인이 누군지 모르잖아. 그 사람들이 우릴 먼저 찾는다고 생각해 봐."

"돌려줘야지. 그 사람들이 원하는 게 그 가방이고, 우리가 원하는 게 내 가방이면 서로 좋은 거 아니냐?"

"그게 그렇게 말처럼 간단하지가 않단 말이야. 생각해 봐. 그 가방에 창씨 반대 전단이 들어 있어. 어찌 일이 잘 풀려서 네 가방이랑 그 가방이랑 무사히 바꿨다 치자. 근데 그 가방 목적이 뭐겠어? 창씨개명을 반대하고 기미년 만세 운동을 다시 일으키자, 뭐 그런 내용이었다니까. 그 전단이 뿌려지는 순간 온 경성 곳곳에 순사들 깔리는 건 일도 아니라고. 그랬다가 우리가 그 가방을 하루라도 들고 있었다는 게 들통나기라도 하면 어쩔 건데?"

귀신 얘기를 꺼내는 심술궂은 어른들이 그러하듯 나는 목소리를 내리깔고 짐짓 심각하게 말했다.

흐으음. 주학이의 입에서 한숨이 터져 나왔다. 근데 이게 웬일? 겁먹은 아이에게서 나온 말은 너무도 의외였다.

"내가 책임질게."

녀석의 덤덤한 말에 나는 되묻지 않을 수 없었다.

"뭐?"

"내가 책임진다고. 그 가방 주인 만날 수 있게만 해 줘. 나머진 내가 다 알아서 할 테니까."

그 순간 나는 내가 심상치 않은 일에 말려들었음을 깨달았다. 전쟁에 나가는 장군이 칼을 그러쥐듯 어느새 녀석의 손에 부지깽이가 쥐어져 있었기 때문이다.

열차 안이었다. 창밖으로 마른 가지뿐인 나무들이 획획 지나갔다. 전부 메마르거나 차갑게 얼어 있었다. 창밖의 풍경은 선명히 보이는데 내 옆에 앉아 있는 사람의 얼굴은 보이지 않았다. 뿌옇게 김이 서린 것처럼 흐릿하게 보일 뿐이었다.

"누구세요?"

내 물음에 아무도 대답하지 않았다. 열차 경적 소리가 크게 울려 퍼졌다. 경적 소리 끝에 얼굴을 알 수 없는 남자가 내 이름을 물었다. 그 목소리가 어찌나 간절한지 꼭 이름을 말해 줘야 할 것만 같았다. 근데 어쩐 일인지 이름을 말하려 하면 목소리가 나오지 않았다. 힘을 주고 간신히 입을 떼도 으, 으 하는 소리만 날 뿐이었다.

답답한 마음에 가슴을 쳤다. 내가 이름을 말하려 애를 쓰면 쓸수록 그의 얼굴은 더 흐려지는데, 그 눈빛만은 점점 더 선명해졌다.

"당신 누구야, 왜 그런 눈으로 보는 거야?"

나는 그의 어깨를 부여잡고 마구 흔들었다. 누구냐고, 나한테 원하는 게 뭐냐고. 그렇게 소리치면 칠수록 뿌연 김이 점점 사라지면서 그의 얼굴이 선명해지기 시작했다. 모자를 쓰지 않은 까만 머리, 이마의 주름 그리고······.

번쩍.

어릴 적 매일같이 꾸던 악몽이었다. 얼굴을 알 수 없는 남자가 자꾸만 내 이름을 묻는 꿈이었다. 남자가 이름을 묻기 시작하면 꼭 가위에 눌린 것처럼 나는 아무런 말도 할 수 없었다. 어릴 적에는 이 꿈을 꾸고 나면 꼭 오줌을 싸고 말았는데 그래서인지 꿈에서 깨면 갯벌 속에 파묻힌 것 같은 이상한 기분이 들었다.

한동안은 꾸지 않았던 꿈이었다. 갑자기 왜 이런 꿈을 꾸게 된 건지 알 수 없었다. 어쩐지 등골이 오싹한 게 기분이 나빴다. 그때였다.

바스락.

찬바람이 문틈으로 새어 들어오며 작은 소리가 들렸다. 그다음은 툭 하고 뭔가가 부딪히는 소리였다. 보통 때였다면 그 정도 작은 소리에 신경도 쓰지 않았을 터였다. 여긴 여관이고, 그 말은 여러 사람이 왔다 갔다 하는 곳이란 뜻이니까.

하지만 작은 소리가 더욱 내 귀를 기울이게 만들었다. 객실 손님들은 절대로 그런 소리를 내지 않았다. 그건 분명 아무에게도 들키지 않으려는 듯 신중하고 조심스러운 소리였다. 머릿속에서 곧장 위험 신호가 울렸다.

가방!

그다음은 발자국 소리였다. 한걸음 한걸음 조심스럽게 내딛는 소리였다. 나는 침도 제대로 삼키지 못하고 고개도 돌리지 못한 채 눈동자만 굴려 문을 바라보았다. 저승사자가 날 데려가기 위해 문을 두드리고 있는데 나를 막아 주는 것이라곤 고작 문고리에 걸어 놓은 숟가락이 전부였다.

탁, 탁, 탁.

발자국 소리가 일정하게 들려왔다.

그리고 정적.

탁, 탁, 탁.

다시 정적.

발자국은 몇 걸음을 걷다 멈춰 서고, 다시 몇 걸음을 걷다 멈춰 섰다. 방마다 뭔가를 확인하고 있다는 느낌이 들었다. 소리는 점점 더 가까워지고 있었다.

발자국 소리가 다가올수록 모든 소리가 크게 들려왔다. 내 심장 소리는 내가 여기 있음을 알리는 북소리 같았고 내 숨소리는 나를 날려 버릴 거대한 태풍의 바람 소리 같았다.

탁, 탁, 탁.

이번에는 내 방문 앞이었다. 나는 손으로 입을 틀어막았다. 숨도 쉬지 않았다. 내 모든 신경이 방문 앞으로 모여들었다. 달빛 어스름으로 그림자가 스치는 모습이 보였다. 내가 할 수 있는 일은 아무것도 없었다. 등에서 땀이 쭈욱 흘러내렸다. 그림자가 선명해졌다. 나는 질끈 눈을 감았다. 심장이 터져 버릴 것만 같았다.

쿨럭, 쿨럭. 카아악, 퉤.

멀리서 박 씨 아저씨의 기침 소리가 들려왔다. 천둥소리처럼 들려오는 기침 소리에 탁, 탁, 탁. 다급히 떠나는 발자국 소리가 들려왔다. 나는 눈을 번쩍 뜨고 방문을 바라보았다. 그림자가 사라졌다.

하아. 나는 그제야 참았던 숨을 내쉬었다. 정신이 아득해지면서 어지러웠다. 이마에 맺혀 있던 땀이 주룩 흘러내렸다. 있는 힘껏 달리기를 한 것처럼 숨이 가빠 왔다. 무슨 일이 벌어진 건지 정신을 차릴 수가 없었다.

후들후들 떨리는 다리를 간신히 끌고 발자국이 아주 간 건지 확인하기 위해 문틈으로 눈을 갖다 댄 순간 시야로 검은 뒤통수 하나가 들어왔다. 어딘지 익숙한 느낌이었다. 꿈속의 남자 얼굴을 확인할 때처럼 눈살을 찌푸리고 한참을 보고 나서야 그가 누구인지 알 수 있었다. 어두운 새벽녘 음산한 달빛 아래 서 있는 남자는 주학이었다.

대체 뭐가 어떻게 굴러가고 있는 거지?

어쩌면 종이 뭉치 가방은 녀석의 가방일지도 몰랐다. 처음부터 나를 속이기 위한 고도의 연기였는지도 모를 일이었다.

하지만 왜?

녀석은 그날 가방을 열었을 때 자신의 가방이 아니라고 했다. 제 가방이라면 아니라고 속일 이유가 뭐지?

나는 한참 동안 어둠 속을 가만히 바라보았다. 어둠이 나를 청계천 거지 움막 속으로 데려갔다. 내가 이 일에 눈곱만큼이라도 연관되었다는 사실을 박 씨 아저씨가 안다면 나는 당장 내쫓길 게 뻔했다. 언제나 죽음이 도사리고 있던 곳, 다시 그곳으로 쫓겨날 수는 없었다.

곳간 문을 열자 흙냄새와 먼지가 동시에 나를 덮쳤다. 손을 휘휘 저어 먼지를 치워 내고 곳간을 뒤지기 시작했다. 아직 해가 뜨기 전이라 어두웠지만 눈에 힘을 주고 자세히 보자 형체들이 드러났다.

나는 먼저 곡괭이를 들었다. 자루 끝에 생선뼈처럼 뾰족한 날이 서 있는 곡괭이는 딱딱한 땅을 파기 딱이었다. 어디 보자 또 뭐가 없나. 낫은 아니고…… 찾았다! 숨바꼭질하는 아이처럼 찬장 모서리에 비스듬히 서 있는 삽 한 자루를 찾아냈다. 나는 삽을 손에 쥐고 이를 꽉 깨물었다.

처음에는 가방을 태울 생각이었다. 아궁이에 불을 지피고 모조리 다 태우면 흔적도 없이 끝날 일이었으니까. 하지만 가죽 가방과 총이 불에 다 탈 수 있을지 의문이 들었다. 또 만에 하나라도 종이가 다 타지 않았을 경우 박 씨 아저씨에게 들킬지도 몰랐다.

그래서 최대한 인적이 드문 곳을 찾다가 발견한 곳이 여관 뒷마당이었다. 뒷마당은 장독대를 묻는 곳이어서 땅을 파헤친 흔적이 있어도 의심을 사지 않을 터였다. 게다가 여관 일이라면 내 손바닥처럼 훤했다. 혹시라도 다른 누군가 발견할 가능성은 거의 없었다. 내가 해야 할 일은 아저씨가 일어나기 전에 일을 다 끝마치는 것이었다.

곡괭이가 땅에 박히자 사과가 쪼개지듯 쩍 하고 땅이 갈라졌다. 참새들이 화들짝 놀라 날아올랐다. 놀란 건 나 역시 마찬가지였다.

내가 언제부터 곡괭이질에 소질이 있었지?

박 씨 아저씨가 일을 시킬 때는 그렇게 하기 힘들더니 마음이 급하니 없던 힘까지 솟아올랐다. 그다음은 순식간이었다. 곡괭이질로 땅을 헤집고 삽으로 흙을 퍼냈다. 충분하다 싶을 만큼 땅을 파고 가방을 넣은 다음 흙을 덮어 평평하게 만들었다. 다시 그 위로 고추장이 든 장독대를 올려놓으니 감쪽같았다.

이만하면 완벽하게 일을 끝냈다 싶었을 무렵, 까칠한 목소리가 등 뒤로 날아왔다.

"여기서 뭐 해?"

깜짝 놀란 나는 총 맞은 사람처럼 튀어 올라 뒤를 돌아보았다. 미 향이가 눈썹을 찌푸리고 나를 보고 있었다.

"어, 어?"

"뭐 하는 거냐고!"

"그, 그게 어제 아저씨가 시킨 일이 있는데 갑자기 그게 생각나 서……."

"이 시간에?"

미향의 얼굴에 불신의 그림자가 짙어졌다. 다른 건 다 믿어도 내가 꼭두새벽에 일어나 일을 했다는 말은 못 믿겠다는 얼굴이었다. 일이 라면 어떻게든 하지 않으려고 했던 평소 내 행동들이 떠올랐다. 이럴 줄 알았으면 그동안 열심히 하는 척이라도 하는 거였는데.

미향이는 끝까지 의심의 눈초리를 버리지 않고 마지막까지 나를 향 해 눈을 흘기며 말했다.

"밖에 나가 봐. 누가 너 찾아왔어."

대문을 열고 나갔지만 아무도 보이지 않았다. 그때, 뒤에서 나무

문이 삐그덕 소리를 내며 닫혔다. 순간 등골이 오싹해졌다. 이 새벽에 누가 나를 찾아왔다는 걸까. 아무리 생각해도 떠오르는 사람이 없었다. 다시 들어가려는 찰나, 담벼락 모퉁이에서 까만 머리가 불쑥 튀어나왔다. 누렁이었다.

"쿵, 너 인마 내가 찾는다는 말 못 들었냐?"

누렁이가 이를 드러내면서 내 멱살을 잡아 올렸다. 금방이라도 목을 물어뜯을 기세였다.

"왜 이래!"

"쿵. 내가 너 때문에 총 맞아 뒈질 뻔 했거덩."

"무슨 소리야?"

그러니까 이틀 전, 청계천으로 반갑지 않은 손님이 찾아왔단다. 그것도 모두가 잠든 시간에 불쑥 들어와 무작정 누렁이를 깨웠다. 눈치 빠르기로 조선 제일인 누렁이조차 무슨 상황인지 파악되지 않았다고 했다. 다만 자신의 이마에 차가운 총구가 닿아 있다는 사실만 알 수 있었다. 남자는 누렁이에게 눈가리개를 씌운 채 밖으로 끌어냈다.

"어디까지 알고 있나."

낮고 중후한 목소리에 누렁이는 몸을 부르르 떨었다.

"뭐, 뭐, 뭘 말씀이십니까요."

"누가 시켰지?"

그들은 도통 알 수 없는 말을 했다. 누렁이는 그때 상황을 이렇게 표현했다.

"와, 나, 킁, 진짜, 미치고 팔짝 뛸 뻔했다니까."

그렇게 누렁이를 미치고 팔짝 뛰게 만드는 질문은 계속되었다.

"물건은 왜 찾고 있지?"

"무, 무슨 말씀인지, 킁."

"네가 찾고 있는 가방 말이다."

그제야 누렁이의 머릿속이 깔끔하게 정리되었다. 그동안 누렁이는 나 몰래 가방에 대해 뒷조사를 하고 있었던 것이다.

"킁, 아닙니다요! 전 그냥 가방 찾아 주고 밥이나 얻어먹을까 해서 알아본 겁니다요. 킁, 정말입니다."

누렁이의 말에 잠시 침묵이 돌았다. 앞이 보이지 않는 누렁이로서는 그 짧은 침묵 동안 백 가지도 넘는 생각이 떠올랐다.

이윽고 다시 낮은 목소리가 물었다.

"가방을 찾아 주다니?"

"그게 킁, 웬 족제비 같은 놈이 킁, 가방을 훔쳐 가는 걸 봤습니다요. 대감 집 도련님 가방 같기에 가방을 찾아 주면 푼돈이나 얻을 수 있을까 해서 그랬습니다. 죽을죄를 졌습니다. 킁, 살려만 주십쇼."

누렁이는 쓰러지듯 무릎을 꿇고 머리를 조아렸다. 정체를 알 수 없는 목소리는 생각에 빠진 듯 흠 하고 낮게 헛기침을 뱉었다. 그가 이일은 누구에게도 발설해서는 안 되며 가방 찾는 일도 당장 그만두라는 말을 남겼을 때도, 누렁이는 언제 총알이 날아올지 몰라 두려움에 벌벌 떨기만 했다.

　세상에…… 하느님, 부처님, 산신령님 지금 제가 잘못 들은 거라고 대답 좀 해 주세요. 네? 누렁이 자식이 머리빡에 총 맞을 뻔 했다잖아요. 그다음은 저일지도 모른…… 잠깐. 뭐라고?
　"네가 그 사람들한테 내 얘기를 안 했다고?"
　"킁, 당연하지. 머리에 총까지 겨누는 놈들이었다고."
　아니. 전혀 당연하지 않은데? 내가 아는 누렁이는 그들이 총을 꺼내기도 전에 내 이름을 말하고도 남을 놈이었다. 근데 머리에 총이 겨누어진 상태에서도 내 얘기를 안 했다고?
　"뭐. 설마, 내 걱정이라도 했다는 거야?"
　내 물음에 누렁이는 뭘 그렇게 당연한 걸 묻느냐는 듯 씨익 웃었다.
　"킁, 뭔 등신 같은 소리야. 그 놈들이 총까지 겨눌 정도면 엄청난 가방이라는 건데. 킁, 너만 한몫 챙기게 둘 순 없지."
　그럼 그렇지.
　이제 좀 안심이 되었다. 만약 내가 걱정되어서 말하지 않았다고 했다면 나는 불안해서 잠도 자지 못했을 거였다. 누렁이가 그렇게 말했다면 그건 분명 함정일 테니까. 누렁이가 내 걱정은 개똥만큼도 안 해 줘서 얼마나 고마운지!
　"오후에 청계천으로 와라. 킁, 총 맞아 뒈질 뻔한 덕분에 가방 찾을 방법을 알아냈거든, 킁."

미친개에게 쫓긴 사람처럼 온몸이 너덜너덜해진 기분이었다. 요 며칠 하도 생각을 많이 해서 머리가 터져 버릴 것 같았다. 가방을 묻을 때 내 머리도 같이 묻지 못한 게 한이 될 정도였다.

내 인생이 어쩌다 이렇게 꼬인 거지? 하늘도 무심하지. 쥐뿔도 가진 것 없는 나한테, 악착같이 살고 있는 나한테 이런 시련까지 주는 게 말이 되느냐고. 남들은 다 가지고도 잘만 사는데 왜 내 인생만 이렇게 꼬이고 꼬이느냐는 말이다.

나는 하늘을 올려다보며 주먹 감자를 날렸다. 저 하늘에 대체 어떤 놈이 있는지 모르지만 분명 놀부같이 못된 놈이거나 박 씨 아저씨처럼 지독한 놈인 게 분명했다.

그래, 부모한테 버림받은 걸로 모자랍니까? 거지 움막에서 구걸하며 산 걸로 부족해요? 예, 예 제가 구걸하다 굶어 뒈졌어야 하는데 용케 살아서 그게 그렇게 배알이 꼴렸나 봅니다. 제가 뭘 그렇게 잘못했습니까? 정녕 제가 총에 맞아 죽어야 속이 시원하겠느냐고요!

생각하고 곱씹을수록 더 화가 치밀어 올랐다. 이게 다 송주학 그자식 때문이다. 가방을 훔쳤을 때 그 자식이 쫓아오지만 않았어도 아니, 애초에 그렇게 멍청한 얼굴로 서 있지만 않았어도 내가 그 녀석 가방을 훔치는 일은 없었을 것이다.

나는 당장 아궁이로 달려 들어가 부지깽이를 집어 들었다. 그러고는 곧장 녀석의 방으로 뛰어들었다.

"에이 씨, 왜 잠을 깨우고 난리…… 뭐야, 왜 이래?"

녀석이 이불 속에서 부스스 일어나 앉았다. 아직 채 떠지지 않은 눈으로 녀석이 내 손에 들린 부지깽이를 보더니 흠칫 놀라 어깨를 움찔거렸다.

"너 그 가방이랑 관련 있어, 없어?"

"무슨 소리야?"

살다 살다 그런 헛소리는 처음 들어 본다는 듯 녀석이 눈살을 찌푸렸다. 나는 녀석의 얼굴을 향해 부지깽이를 들이밀고 꽥 소리쳤다.

"좋은 말로 할 때 솔직하게 말해!"

"내가 어떻게 그 가방이랑 관련이 있어? 내 가방을 훔친 건 너잖아. 누구 때문에 일이 이렇게 되었는데!"

"그럼 그 가방은 왜 네가 가지고 있겠다고 한 건데?"

"그, 그거야…… 위험하니까."

"헛소리 작작하고 똑바로 말해."

"내 사정까지 네가 일일이 알 거 없잖아!"

"알 필요가 있으니까 이러는 거잖아. 방금 누렁이 왔다 갔어. 이상한 놈들이 누렁이 이마에 총까지 박으려고 했대. 우리 다 뒈지게 생겼다고!"

내 말에 주학이의 작은 눈이 황소 만하게 커졌다.

"그, 그럼 새벽에 온 그 발자국은……."

"발자국? 그럼 그게 네가 아니라고?"

"무슨 소리하는 거야."

새벽녘에 주학이 역시 인기척에 잠을 깼단다. 그리고 번뜩 가방이 생각났다고 했다. 그 순간 음식 냄새에 침이 고이는 것처럼 온몸에 두려움이 고였단다. 몸에서 두려움이 뚝뚝 떨어지기 시작한 건 정신이 얼얼해지도록 맵고 섬뜩한 목소리를 들었을 때였다.

"물건부터 찾읍시다."

주학이는 분명 목소리를 들었다고 했다. 그리고 발자국이 사라지는 소리를 듣자마자 밖으로 달려 나왔다고 했다. 그러니까 새벽녘에 보았던 녀석의 뒷모습은 가방을 찾고 있었던 게 아니라, 낯선 발자국 소리를 듣고 달려 나온 모습이었던 것이다.

나갈 것 같은 정신을 간신히 부여잡고 있는데 기영이 형이 막 안채로 들어왔다. 형과 얘기를 하고 싶었다. 믿을 만한 사람이라곤 형밖에 없었으니까.

"꼭두새벽부터 어딜 갔다 와?"

"또 나가 봐야 해. 선생님 뵈러 잠깐 들어온 거야."

"뭐가 그렇게 바빠? 요즘 인력거 일이 엄청 잘되나 보지?"

나는 괜히 툴툴거렸다. 형이 내게 무슨 일이 있느냐고 물어보길 바랐는지도 모르겠다. 예전처럼 내게 웃으며 장난을 걸어오고 내 걱정을 해 준다면 가방이고 총이고 모두 다 말해 버릴 것 같았다. 하지만 요즘 형은 먼지만큼의 걱정이라도 더 생기면 무너질 것같이 암담한 표정으로 다녔다. 내 고민은 비집고 들어갈 자리도 없을 만큼 가득 말이다.

형은 내 말에는 아랑곳없이 아래채에 묵고 있는 선생 방으로 들어
갔다. 그 모습을 지켜보자니 심술이 올랐다. 선생인지 나부랭인지 하
는 양반과 얘기할 시간은 있고 나하고 얘기할 시간은 없다 이거지?
내 고민이 형 탓이라도 되는 것처럼 괜히 심술이 났다. 아니꼬운 마
음에 아래채를 향해 주먹 감자를 날리고 있을 때, 뒤에서 쯧쯧 혀 차
는 소리가 들려왔다. 뒤돌아보니 미향이가 팔짱을 끼고 고개를 절레
절레 흔들고 있었다.

　"넌 일부로 그러는 거니, 아님 정말 몰라서 그러는 거니?"

　"뭐가?"

　"새벽부터 일 구하러 다니는 사람한테 왜 그런 식으로 얘기 하냐
고."

　"그게 무슨 말이야?"

　"너 정말 몰라?"

　"아, 그러니까 뭘?"

　"오빠 인력거 잘렸잖아."

　미향이는 귀찮은 남동생을 가르치듯 손가락을 흔들며 말을 이었다.

　"창씨개명 안 한 사람은 순사들이 매일 와서 괴롭힌대. 창씨개명을
하든지, 일을 관두든지 둘 중 하나를 안 하면 못 배길 정도라잖아.
오빠는 또 구하면 된다고 걱정하지 말라지만 그게 그렇게 쉽겠어? 불
령선인(불온하고 불량한 조선 사람)으로 몰아서 종일 감시하는데 누가
오빠한테 일자리를 주겠느냐는 말이야. 속상해 죽겠어, 정말."

형의 안색이 좋지 않은 것도 그 때문이라고 했다. 당장 일이 없으니 무슨 돈으로 연해주에 있는 가족들에게 돈을 보낸다는 말인가. 여관에 다시 들어온 것도 선생 때문이 아니라 방값을 아끼기 위해서였다고 했다.

진즉 알아보았어야 했다. 형이 그 골목길 꼬맹이들을 바라볼 때, 전차 안에서 아무 말도 하지 않았을 때, 무슨 일이 있느냐고 물어봤어야 했다.

형은 동네 개가 싸우는 것만 봐도 쫓아가 말리는 사람이었다. 때로는 왜 그렇게 남의 일에 참견하며 살까 싶을 만큼 불의를 보면 참지 못하고 어려운 이가 있으면 반드시 도와주고야 마는 사람. 그런 형이 변했는데 왜 눈치채지 못했던 걸까.

나는 마을 앞 장승처럼 우두커니 서서 형이 나오기만을 기다렸다. 아래채 방 안에서 소곤거림이 새어 나왔다. 지내는 데 불편한 건 없는지 음식은 입에 맞는지 따위를 묻는 말들이었다.

지금 형이 옛날 옛적 스승의 안부나 걱정할 때냐고, 정말.

곧이어 문이 덜컹거리면서 형이 문을 열고 나왔다.

"형 일 잘렸어?"

내 물음에 형이 번뜩 아래채를 바라보며 눈치를 살폈다.

"들어가서 얘기하자."

"진짜 잘렸냐?"

"내가 그만둔다고 한 거야."

"창씨개명 때문이지?"

형의 입에서 깊은 한숨이 새어 나왔다. 파리한 안색에 말할 기운도 없어 보였다. 여기저기서 치이고 밟혀 하루하루 살아가는 것만으로도 지친 사람들의 얼굴이 그러하듯이.

"그러게 바꾸랄 때 바꿨으면 좋았잖아. 괜히 눈 밖에 나서 일만 못 하고 이게 뭐야?"

"용아……."

"그만 좀 해. 형 이름이 뭐 그리 잘난 이름이라고 악착같이 버티겠다는 거야? 막말로 이름 좀 바꾼다고, 형이 다른 사람이 되는 것도 아니잖아."

나는 그냥 형이 힘들지 않았으면 했다. 순사들의 감시를 받는다거나, 일을 할 수 없게 된다거나, 사람들이 형을 피하는 일이 생긴다거나 하는 일들이 형에게만은 벌어지지 않았으면 했다. 형은 내가 경성에서 유일하게 믿을 수 있는 사람이니까.

"용아, 조국을 빼앗겼다고 이름까지 빼앗길 순 없어. 그럴 순 없는 거야."

형이 그렇게 말했을 때 나는 너무 화가 났다. 형의 쓸데없는 고집이 싫었다. 그깟 이름 때문에 일자리를 잃고 연해주에 있는 가족까지 힘들게 하겠다는 걸까.

"조국이 우리한테 뭘 해 줬는데? 아니, 우리한테 조국이 있기나 해? 그냥 하라는 대로 해, 시키는 대로 하라고. 그게 우리 같은 애들이 조선에서 살아남는 방법이야."

나는 알고 있다. 순사들이 어떻게든 형을 괴롭히기 시작한다면 형은 이겨 낼 수 없을 것이다. 우리에겐 아무런 힘이 없으니까.

시키는 대로 해서 나쁠 건 없다. 잘되면 덕분이라 말하면 되고 못되어도 시키는 대로 한 것밖에 없으니 언제든 원망할 수 있다. 시키는 대로 사는 삶에는 '죄가 없다.' 시키는 대로 하는 일은 언제나 보장되어 있는 삶이다. 그것만큼 안전한 삶도 없다.

하지만 그걸 따르지 않았을 때 삶은 더 이상 살아가기 힘들 정도로 변해 버린다. 그것이 옳든 그르든 그건 내가 판단할 문제가 아니다. 그런 문제는 굶주린 배에 밥을 넣어 주지 않는다. 이름은 빼앗겨도 살지만 먹을 것을 빼앗기면 살아갈 수가 없다.

그렇지 않은가?

"아니."

형이 내 눈을 똑바로 바라보았다.

"이름을 잃으면 전부를 잃는 거야."

세 소년과
절름발이 노인

이름을 잃으면 전부를 잃는다고? 하, 웃기는 소리 말라지. 이 길을 봐. 여기 이 많은 사람들, 이 화려하고 아름다운 도시에 사는 사람들 이름을 누가 알아? 이름 따위는 아무도 관심조차 없다. 중요한 건 눈에 보이는 것들이다. 눈부신 전구들로 가득 찬 건물, 화려한 쇼윈도, 반짝반짝 빛나는 새로운 물건들…….

경성 어디를 봐도 그렇다. 경성은 우리에게 머리를 짧게 자르고, 백화점에 파는 고급 옷을 입고, 카페에서 커피를 마시라고 말한다. 그래야 모던보이라고 말이다.

거리를 보라. 발가락을 고문하는 뾰족구두 위에 선 여자들은 주변 시선에도 아랑곳하지 않고 속이 훤히 보이는 얇은 양말을 신고 어깨가 드러나는 옷을 입는다. 왜냐고? 그래야 신여성이고 모던걸이니까. 아무도 그 속마음 따위, 진짜 모습 따위 관심을 가지지 않는다. 화려

하고 그럴듯하게 가려진 모습이 진짜 자신이라고 말하고 다닌다. 그리고 그 화려함으로 말한다. 나는 비참한 식민지 조선인이 아니라 모던걸, 모던보이라고.

조국? 하, 마음대로 하라지. 언제까지 당하고 살기만 할 건지. 똑똑하고 잘나신 형이니 알아서 잘하겠지.

"지금 어디 가는 건데?"

사람들 사이로 주학이가 내 뒤를 바짝 따라붙으며 물었다.

"가방 찾으러."

"그거 듣던 중 반가운 소리다."

"야. 너 돈 좀 있어?"

가방 찾는다는 말에 광대까지 올라갔던 주학의 입꼬리가 급속도로 내려왔다.

"장난하냐? 내 가방 털어 간 게 누군데? 네가 처음부터 내 가방만 안 훔쳤어도……."

"알았어. 알겠으니까 그만 좀 해."

나는 주학이의 목소리가 귓구멍에 달라붙기라도 한 것처럼 귀를 후볐다. 할 수만 있다면 나를 괴롭게 만드는 '가방 훔친 일'을 다 파내고 싶었다.

"돈은 왜 필요한 건데?"

"누렁이를 만나야 하니까."

"그 거지하고 돈이 무슨 상관인데?"

녀석의 말에 나는 손톱에 낀 귓밥을 후후 불며 대답했다.

"돈을 줘야 움직이는 놈이니까."

빠앙. 자동차 한 대가 손수레 뒤에서 거칠게 경적을 울려 댔다.

"근데 그 거지 믿어도 되는 거냐?"

"믿긴. 누렁이를 믿느니 차라리 지나가는 개를 믿는 게 낫지."

"그런 놈한테 가방을 찾아 달라고 할 거란 말이야?"

"못 믿으니까 확실한 거지. 누렁이가 하겠다고 하면 확실히 찾을 수
있단 얘기야. 그 자식 절대로 믿지는 장사는 안 하니까."

악취가 풍겨 왔다. 무슨 냄새라고 꼬집어 말할 수 없는 냄새, 찐득
찐득하고 누런색임이 분명한 냄새, 내가 가장 두려워하고 끔찍해 했
던 냄새. 그 냄새가 내 콧속으로 들러붙었다. 곧이어 누런 강물이 보
이고 돌다리 아래 거적때기로 만들어진 움막집들이 보였다.

저곳으로 돌아가지 않기 위해 별짓을 다 했던 지난날들이 떠올랐
다. 행여 근처를 지나는 일이 있어도 눈길 한번 준 적 없었다. 저길
다시 내려가면 거미줄처럼 끈적끈적하고 거지같은 운명이 내 어깨에
달라붙어 영영 길 위로 올라오지 못할 것만 같았기 때문이다.

"용이다. 용이 왔다. 히히."

딱지가 소맷부리로 콧물을 닦으며 웃었다. 그 뒤로 누렁이가 고개
를 삐죽 내밀었다.

"콩, 왔냐?"

누렁이가 내게 가볍게 아는 체 하고는 특유의 껄렁대는 동작으로 다리 위로 올라왔다. 주학이는 영 찝찝해 죽겠다는 얼굴이었다.

"콩, 이 염병할 놈은 왜 데리고 왔냐?"

"뭐?"

누렁이가 턱짓으로 자신을 가리키자 주학이가 당장 한 대 올려붙일 기세로 달려들었다. 나는 씩씩대는 주학이의 허리를 부여잡고 가방을 봐서라도 참으라고 속삭였다.

"참으라고? 너 지금 저 거지새끼가 나한테 '염병할 놈'이라고 말하는 거 못 들었냐?"

주학이가 삿대질을 하며 고래고래 소리 질렀다. 하지만 누렁이는 어디서 개가 짖느냐는 듯 하품이나 하며 무심하게 서 있을 뿐이었다. 그 모습에 다시 주학이의 주먹이 꿈틀거렸다. 진짜 싸움이라도 나기 전에 둘을 떼어 내야 했다.

"시간 없으니까 빨리 하자. 가방 찾을 방법을 안다고 했지?"

"콩, 시작하기 전에 서로 얘기는 끝내야지."

누렁이가 손가락으로 한쪽 콧구멍을 막고는 팽 하고 코를 풀었다. 자신이 이 협상에 우위에 있다고 생각하는 모양이었다. 주먹을 부르르 떨며 참고 있는 주학이 곁으로 누런 이를 드러낸 딱지가 바짝 다가왔다.

"얜 또 왜 이래? 야 저리 가. 안 가?"

주학이의 기분과 상관없이 딱지는 녀석이 꽤 마음에 드는 모양이었다. 주학이가 꽥꽥 소리를 지르며 딱지를 상대하는 동안 누렁이가 한걸음 다가왔다.

"쿵, 그놈들이 찾는 물건이 뭐냐?"

"듣고 후회 안 할 자신 있어?"

내 말에 누렁이가 가소롭다는 듯 웃었다. 뭐, 어차피 이렇게 된 거 누렁이도 가방의 존재에 대해서 알 필요가 있었다. 나는 최대한 대수롭지 않다는 듯 태평한 목소리로 말했다.

"종이 뭉치."

피식, 누렁이가 한쪽 입꼬리만 올리며 웃었다. 야비하게 치켜 올라간 입꼬리 끝에는 내가 지금 그딴 말을 믿을 것 같으냐는 의미가 대롱대롱 매달려 있었다.

누렁이가 퉤, 침을 뱉었다. 허연 거품이 뭉친 침 덩어리가 내 발 앞에 떨어졌다. 나는 발로 누렁이의 침을 흙으로 파묻으며 말을 이었다.

"너 애국심이라는 게 뭔 줄 알아?"

"당연하지 쿵, 내가 얼마나 애국적인 놈인데 새꺄. 쿵, 심심할 때마다 총독부 앞에 침 뱉고, 종로 경찰서 창문에 돌 던지는 것도 나라고, 쿵."

"그럼 조국을 위해 목숨을 바치는 건 어떻게 생각하는데?"

"니미, 쿵. 어디서 되지도 않는 개수작이야. 헛소리 집어치우고 놈들이 찾는 게 뭔지나 말하라니까, 쿵."

"너 기미년 만세 얘기 들어 봤지?"

기미년 만세라면 누렁이도 분명 알고 있을 터였다. 거지 움막에 앉은뱅이 노인의 다리가 그렇게 된 것이 기미년 만세 때 총에 맞아 그렇게 된 것이었으니까.

앉은뱅이 노인은 틈만 나면 우리에게 그때 얘기를 해 주었다. 사방에서 천둥소리처럼 만세가 울려퍼지던 날, 일본 순사들이 무작위로 쏘아 대는 총에 사람들이 죽어 나갔다. 그때 노인은 13살에 불과하던 왕초와 구걸을 하러 나갔다가 사람들에게 휩쓸렸다. 두 사람에게도 총알이 쏟아졌음은 물론이었다.

앉은뱅이 노인의 말에 의하면 노인이 왕초를 대신해 총알을 맞았고 덕분에 왕초는 목숨을 구할 수 있었다고 했다. 물론 아무도 그 말을 믿지는 않았다. 차라리 놀부가 흥부를 걱정했다는 말을 믿으면 믿었지 노인의 말은 믿을 수 없었다. 어쨌든 왕초는 노인이 자신을 대신해 그리 되었다고 믿는 눈치였고, 노인은 그 사실을 이용해 구걸하지 않고도 밥을 얻어먹을 수 있었다.

"그 종이 뭉치에 기미년 일을 다시 도모하자는 얘기가 쓰여 있어."

정적이 흘렀다. 때마침 이름 모를 새 한 마리가 놀리는 듯 비웃음 가득한 소리를 뱉으며 날아올랐다.

"킁, 그러니까 네 말은……."

"아마도. 정확한 건 나도 몰라."

"와, 화끈하네. 육시랄."

생각했던 것보다 일이 커지자 누렁이도 제법 고민스러워 보였다. 녀석이 머리를 벅벅 긁으며 뭔가를 곰곰이 생각하더니 결론에 도달한 듯 물어왔다.

"그럼 쿵, 네가 찾는 가방은 뭔데?"

"저 자식 가방. 고향에서 들고 온 돈이 꽤 있대."

내 말이 끝나기가 무섭게 누렁이의 눈동자가 좌우로 움직이며 빠르게 계산에 들어갔다.

"쿵, 내가 가지는 몫은?"

몫 얘기가 나오자 주학이가 버럭 소리쳤다. 주학이의 왼쪽 팔에는 여전히 딱지가 달라붙어 있었다.

"가방 주인은 나라고 나! 누구 마음대로 뭘 떼 준다는 거야?"

"누렁이한테 도움 받으려면 어쩔 수 없잖아."

"내가 거지새끼 도움까지 필요할 것 같아?"

"쟤가 안 도와주면 무슨 수로 가방 찾을 건데?"

"방법이야 지금부터 찾아야지!"

"내가 얘기 안 했었나? 새벽에 놈들이 찾아와서 누렁이 이마빡에 총 겨누고 물건 내놓으라고 협박했다고."

내 말에 주학이가 할 말을 잃은 듯 입을 쩍 벌렸다. 발끝에서 이런 저런 복잡한 생각들이 개미떼처럼 슬금슬금 기어오르는 것 같았다. 털어 내고 털어 내도 악착같이 다시 기어오르는 생각들에 더는 지쳤다는 듯, 녀석이 항복을 선언하는 것처럼 두 손을 들어 올리며 말했다.

"누구 또 떼 줘야 할 사람 더 없어? 여기 있는 거지들한테 다 나눠 주면 되는 건가?"

주학이의 말에 딱지가 짝짝 손뼉을 쳤다. 아무래도 주학이가 엄청 나게 우리를 비꼬고 있다는 사실을 딱지만 눈치 채지 못한 모양이었다.

"진짜 찾을 수 있는 거지?"

걱정으로 머리가 터질 것 같은 나와는 달리 누렁이의 얼굴에는 자신감으로 가득 찬 미소가 번졌다.

"큿, 우리 모르냐? 우리가 또 경성 곳곳 모르는 곳이 없거덩. 어디에 누가 사는지, 어느 집 안주인 인심이 좋은지 큿, 다 알고 있다고. 사람 한 명 찾는 거? 일도 아니지."

"늦어지면 우리가 불리해. 재수 없음 골로 갈 수 있어."

"걱정 마셔, 큿."

그러니까 누렁이 말은 이랬다. 그날 자신을 찾아온 목소리가 멀어지자, 누렁이는 곧바로 눈가리개를 풀었다. 멀리서 두루마기를 입은 노인과 양장을 빼입은 신사가 걸어가고 있더라는 것이다.

"근데 그 노인네 오른쪽 다리를 절뚝절뚝 저는데, 다리병신이더라고. 큿, 병신 하나 찾는 데 하루면 충분해."

내가 좋아하는
사람?

"어서 오십시오!"

요즘 같은 날에는 남산에 산책 오는 사람들이 많다며, 꼼짝도 하지
말고 여관을 지키라는 박 씨 아저씨의 엄명이 떨어진 지 한나절이 지
났을 때였다. 배는 고프고 손님은 없는데 햇볕은 얼마나 좋은지 잠이
뭉텅이로 쏟아져 내렸다. 그러다가 간만에 여관 문이 열렸으니 내가
얼마나 기쁜 마음으로 정성껏 인사했을지 짐작될 것이다.

"으히히. 용이다."

뭐지. 이 소름 끼치는 목소리는?

꾸벅 숙였던 허리를 펴 보니 아니나 다를까 딱지가 입이 찢어져라
웃으며 나를 보고 있었다. 여긴 왜 찾아왔느냐고 윽박지를 새도 없이
다시 여관 문이 열렸다. 더럽게 엉킨 머리가 불쑥 들어와 주변을 살피
곤 내게 눈인사를 건넸다.

"뭐야?"

"쿵, 나도 반갑다."

여기가 어디라고 얼굴을 들이대느냐는 뜻으로 한 말이었는데 누렁이는 그게 인사쯤 된다고 생각했는지 손까지 흔들었다.

"아저씨 보면 어쩌려고 그래? 빨리 나가."

"자식 겁대가리는 더럽게 많아 가지고. 쿵, 내가 여기 왜 왔는지 알면 놀라 자빠질걸?"

"안 그래도 지금 아저씨한테 들킬까 봐 놀라 자빠지기 일보 직전이거든?"

"절름발이 노인을 쿵, 찾아냈다 이 말씀이야."

"그게 정말이야?"

"쿵, 그 정도쯤이야 애들 장난 수준이지."

누렁이가 한쪽 입꼬리를 씨익 올리며 의기양양하게 팔짱을 꼈다. 그 모습이 어찌나 늠름하고 믿음직스러워 보이던지 두 손을 부여잡고 강강술래라도 하고 싶은 마음이었다. 물론, 때마침 걸걸하게 들려오는 박 씨 아저씨의 목소리만 아니었다면 말이다.

"용아!"

"네~ 가요~."

나는 아저씨가 어디선가 튀어나오기라도 할까 봐 급한 마음에 누렁이와 딱지를 2층 계단으로 밀어 넣었다.

"금방 올 테니까 꼼짝하지 말고 있어. 내가 나오라고 할 때까지 절대 나오면 안 돼."

나는 딱지에게 세 번이나 반복해서 절대로 나오면 안 된다고 신신
당부했다.

"용아!"

안채에서 다시 한 번 아저씨의 목소리가 들려왔다. 나는 누렁이와
딱지에게 꼼짝하지 말라는 눈짓을 한 번 더 보내고는 안채 마당으로
달려 나갔다.

"아저씨는?"

안마당으로 들어가자 금방까지 숨 넘어 갈듯이 불러 대던 사람은
코빼기도 보이지 않고 미향이만 서 있었다.

"뒷마당에."

미향이의 대답에 내 가슴은 두방망이질 치기 시작했다. 뒷마당에
묻어 놓은 가방 때문이었다.

"뒷마당에는 왜?"

"몰라. 잡초 뽑는다고 저 난리잖아."

그제야 잔뜩 부풀어 올랐던 가슴이 제자리로 돌아왔다.

후유. 빨리 가방을 찾든가 해야지 이놈의 가방 때문에 제 명에 못
살겠다. 아저씨도 그렇지. 그렇게 고래고래 소리를 질러 댄 이유가 고
작 잡초 때문이라고? 하여간 성질하고는.

"근데 우리 오빠 어디 갔는지 알아?"

우리 오빠? 기가 막혀서. 언제부터 기영이 형이 저 계집애 오빠였

대?

"너네 오빠 어디 갔는지 내가 어떻게 알아?"

퉁명스러운 내 대답에 미향이가 입술을 샐쭉거렸다. 그러면서 아침부터 안 보였는데 어디 갔는지 모르겠다는 둥, 밥은 먹고 다니는 건지 모르겠다는 둥, 많이 힘든 건 아닌지 걱정돼서 죽겠다는 둥 중얼거리며 아래채 부엌으로 향했다.

나쁜 계집애. 형 생각하는 거에서 발톱의 때만큼만 내 걱정을 해 봐라! 업고 다니지 내가.

"뭘 그렇게 보고 있어?"

깜짝이야.

뒤돌아보니 주학이 녀석이 내 뒤에 바짝 다가와 있었다. 미향이의 뒤통수를 힐끔 바라보던 녀석의 입가에 묘한 미소가 번졌다.

"너 혹시……."

"뭐, 뭐가?"

주학이가 내 옆구리를 쿡쿡 찌르며 다 안다는 듯 킬킬댔다. 나는 녀석이 또 쓸데없는 얘기를 꺼내지 못하게 얼른 누렁이 얘기를 꺼냈다.

"누렁이가 와 있어. 노인을 찾은 것 같대."

"정말? 그 거지 놈이 일 처리 하나는 끝내주게 하네."

나는 연신 감탄사를 뱉어 내는 주학이의 팔을 이끌고 바깥채로 나갔다. 박 씨 아저씨가 또 부르기 전에 얼른 여기를 떠야겠다는 생각이 들었기 때문이다.

주학이가 2층으로 녀석들을 데리러 올라간 사이 여관 문틈 사이로 이쪽을 힐끔힐끔 훔쳐보는 눈동자와 마주쳤다. 도둑고양이 같은 눈동자는 이내 나를 찾아내고 눈을 깜빡였다. 같이 야학에 다니던 양순이었다.

"기영이 오빠 여기 있니?"

오늘따라 왜 이렇게 형을 찾고 난리들이야.

"없어. 아침부터 나갔대."

양순이의 머리는 곱게 땋아 있었다. 다른 여자애들이 모던걸 흉내를 낸다며 단발머리로 자를 동안에도 양순이는 혼자 꼿꼿이 머리를 땋고 다녔다.

"어디 갔는지 아니?"

기집애들 눈에는 내가 기영이 형만 졸졸 따라다니는 놈으로 보이는 모양이다. 양순이가 등 뒤에 숨기고 있는 분홍색 보퉁이를 슬쩍 보이며 말을 이었다.

"꼭 전해 줘야 할 게 있어서 그래."

"몰라. 요즘 일자리 찾는다고 여기저기 다니는 모양이던데."

내 말에 양순이는 불안한 듯 손톱을 질근질근 깨물었다. 그런 양순이의 손에 검은 잉크 자국이 묻어 있었다. 문득 기영이 형 손에 묻어 있던 잉크 자국이 떠올랐다.

"너도 한글 책자 만들어?"

"어?"

114

"거긴 뭐 하나를 해도 무지하게 티 내면서 하더라. 손 말이야. 형도 책자 만든다고 손에 잉크 자국 투성이던데, 뭐."

"으응. 좀 급하게 하느라……."

양순이가 주먹을 꼭 쥐며 잉크가 묻은 손을 감추었다.

문득 뺨 때리기를 하는 아이들을 지켜보던 형이 생각났다. 분명 형은 더 많은 한글 책자를 만들려고 했을 것이다. 단지 아이들 몇 명을 혼내는 것이 아니라 조선말을 배울 필요가 없다고 생각하는 아이들이나 조선말을 쓸 줄 모르는 까막눈 사람들에게 한글 책자를 나눠 주고 가르치기 위해서 말이다.

"그거 이리 줘. 내가 이따 형 오면 전해 줄게."

"아, 아니야."

간만에 인심 좀 써 보겠다는데 양순이는 내가 보따리를 뺏기라도 한다는 듯 경계 서린 눈으로 내 손을 빤히 바라보았다.

"아 글쎄, 내가 전해 준대도."

"괜찮아."

양순이가 뒤로 한걸음 물러서며 내 손을 밀어냈다.

"혹, 오빠 보거든 나 왔다 갔다는 말만 전해 줘."

그러고는 후다닥 달려가 버리는 것이다.

와, 나 진짜. 도와준대도 난리야. 뭐 그리 대단한 보따리라고. 끽해 봐야 조선말 책자 아니면 야학 심부름일거면서. 잠깐, 저 계집애 혹시 집에서 제사 지낸 거 아니야? 맞네, 맞아. 형 먹으라고 챙겨 온

제사 음식을 내가 홀라당 다 먹어 버릴까 봐 저러는 거네. 와, 진짜 더러워서 내가. 야! 나도 네 심부름하기 싫어, 이거 왜 이래! 형한테만 먹을 거 갖다 주면 내가 못 먹을 거 같냐? 계집애들이 하나같이 못 되어 가지고 말이야. 괜히 기분만 상했네. 에라이, 퉤!

기분 나쁜 일은 절름발이 노인을 찾아간 남대문 시장에서도 계속 되었다. 시장 사람들이 힐끔대며 우리를 쳐다보았다. 그럴 만도 한 것 이 누렁이가 입안에서 벌떼를 쏟아 내듯 다른 거지들에게 욕을 퍼부 어 대고 있었기 때문이었다. 거기다가 거지와는 아주 어울리지 않는 주학이가 팔짱을 끼고 동네 부랑아처럼 서 있으니 시선이 끄는 게 당 연했다.

"니미, 그게 말이야 똥이야? 쿵."

일렬로 선 거지들은 누렁이의 입에서 나오는 벌떼 같은 욕을 피해 이리저리 눈알을 돌리며 딴청 부리기에 바빴다.

'절름발이'를 찾아냈다는 누렁이의 말에 우리는 남대문 시장 구석 에서 잠복하고 있었다. 하지만 아무리 기다려도 절름발이 노인은커녕 노인의 두루마기 자락조차 보이지 않았다. 그리하여 누렁이의 믿을 만한 소식통들이 한자리에 불려 오게 된 것이다.

"거 봐. 내가 남대문이 아니라 동대문이라 했잖여."

"난 남대문이라 한 적 없어. 나는 역 앞에서 봤는데?"

"아따, 아그들아. 왜 거짓말을 해 쌌냐. 나가 진고개서 봤당께."

이윽고 세 명의 거지들이 서로 삿대질하며 떠넘기기에 이르렀다. 누렁이의 얼굴이 일순간 찌그러졌다.

"큿, 지금 나랑 장난하냐? 엉? 내가 준 밥 도로 뱉어내!"

"왜, 왜 그런다냐. 이거 놓으랑께!"

누렁이가 셋 중 한 명의 입을 벌려 손가락을 쑤셔 넣었다. 소화시킨 밥도 토해 내라는 심보라니. 그 모습을 본 주학이는 더러운 걸 보았다는 듯 얼굴을 찌푸리며 중얼거렸다.

"이럴 줄 알았어. 믿을 게 따로 있지, 거지새끼를 믿었으니."

주학이의 말에 누렁이의 손이 멈칫거렸다. 그리고 미간에 주름을 잡고 거지의 입안에 넣었던 손을 빼냈다.

"그럼 네가 찾아보든가. 등신같이 가방이나 털린 새끼가."

"너 지금 뭐라 그랬어? 등신?"

주학이가 누렁이의 멱살을 잡아 올리자 눈치를 보던 세 명의 거지들이 때를 놓치지 않고 후다닥 도망갔다.

그래, 그래. 싸워라 싸워. 아주 치고받고 서로 묵사발을 만들라지.

거지와 모던보이의 싸움보다 더 흥미로운 싸움이 어디 있느냐는 듯 녀석들 주변으로 사람들이 몰려들었다. 가만 보니 여기서 제일 머리가 좋은 사람은 딱지였다. 사람들이 모이자 딱지가 동냥 그릇을 내밀며 구걸을 시작했던 것이다. 그러니까 둘은 싸움을 하고 나머지 하나는 구걸하는, 한마디로 아주 개판이 따로 없었다.

나는 은근슬쩍 녀석들에게서 한 걸음 물러났다. 모르는 사람인 척

나와는 아무 상관도 없는 사람인 척 관중 틈에 끼어 있는데 딱지가 내 옷깃을 흔들었다.

"저기, 저기."

딱지의 손끝에 익숙한 얼굴이 달려 있었다. 골목 한쪽 끝에서 기영이 형이 잘 차려입은 남자와 이야기를 나누고 있었다.

저기서 뭐 하는 거지?

자세히 보니 이야기를 나누는 게 아니라 일방적으로 당하고 있는 것 같았다. 형은 연신 고개를 조아려 댔고, 남자는 고개를 절레절레 흔들었다. 일자리를 찾는 중인 것 같았다.

퍼뜩 창씨를 하지 않으면 일을 구할 수 없을 거라던 미향이의 말이 떠올랐다. 형은 쉽게 일자리를 찾을 수 없었다. 그 누구도 순사들의 괴롭힘 속에서 형에게 일자리를 주지 않을 터였다. 형이 할 수 있는 일은 순사들이 안중에 두지 않을, 아주 힘들게 일해도 아주 적은 돈을 받는 그런 일들밖에 없을 것이다.

역시나 이야기가 잘되지 않았는지 형이 잔뜩 어깨를 늘어뜨리고 걸어 나왔다. 사람들이 모여 있으니 형의 시선은 자연스럽게 이쪽으로 향했다. 그러다 나를 발견하고는 싸움 통에 내가 있는 게 걱정되는지 눈썹을 찡그렸다.

또 제 앞가림도 못 하면서 남의 걱정이나 하고 있다. 나는 고개를 획 돌려 버렸다. 갑자기 가슴속에서 열불이 끓어올랐다. 짜증과 화가 한꺼번에 솟구쳐서 다리 위였다면 홀연히 아래로 뛰어내릴 수도 있을 것 같았다. 다행히 시장 한복판이었고, 나는 다리 아래로 뛰어내리는 대신 녀석들의 싸움판으로 몸을 날렸다.

"니미……"

기영이 형이 차가운 물에 적신 수건을 누렁이의 얼굴에 갖다 대었다. 왼쪽 눈두덩이에 손길이 닿을 때마다 누렁이의 콧잔등이 잔뜩 찡그려졌다.

정작 누렁이를 그렇게 만든 장본인은 너무도 태연해 보였다. 누렁이의 왼쪽 눈이 퉁퉁 붓고 코에는 거무스레하게 말라붙은 코피 자국이 생겼지만 주학이는 머리가 조금 부스스해지고 셔츠 앞자락이 구겨졌을 뿐이었다.

형이 내게도 차가운 수건을 건넸다. 나는 갑자기 싸움에 끼어드는 바람에 주학이가 휘두른 팔꿈치에 찍혀 광대에 퍼렇게 멍이 들었다.

"앞으로 이런 짓 하지 마."

참나. 누구는 얼굴에 수건까지 대 주고, 누구는 직접 하라는 것도 모자라서 잔소리까지?

"왜 싸웠어? 친구라면서."

"킁, 친구는 염병."

누렁이의 말에 형이 나를 바라보았다. 친구가 아니면 무슨 사이냐는 거겠지. 글쎄, 이 녀석들과 내 사이를 무슨 사이라고 말해야 하나.

누렁이가 찬물에 세수를 하면서 코를 풀자 뻘건 핏덩어리가 쏟아져

나왔다.

"괜찮니?"

"쿵, 냅둬요. 이 정도 쥐터지는 일은 일도 아니니까, 쿵."

누렁이가 주학이 녀석을 뚫어져라 노려보면서 말했다. 그러자 주학
이는 가소롭다는 듯 비웃었다. 기영이 형은 혼자 심각한 얼굴이었다.

"왜 맞고 다녀?"

형의 말에 누렁이의 미간에 주름이 잡혔다. 왜냐니? 때리니까 맞는
거지. 그럼 세상 사람들이 거지한테 귀한 손님 대접이라도 해 준다고
생각한 건가? 누렁이는 이래서 구걸 한 번 안 해 본 사람과는 대화가
안 통한다는 듯 말을 꺼냈다.

"뭐 구걸은 하기만 하면 하늘에서 밥이 뚝 떨어지는 건 줄 알아요?
구걸하다 보면 쿵, 엉덩이 한 대 걷어 차이고 밥 한 숟갈 얻는 경우도
있고 그렇거덩요, 쿵."

대수롭지 않은 누렁이와 달리 형은 꽤나 심각한 얼굴이었다.

"구걸 말고 다른 일을 해 보는 건 어때?"

기분이 이상했다. 제 앞가림도 못 하면서 남 걱정만 해 대는 형이
싫었다. 그 걱정이 내가 아니라 다른 사람에게 향한 것도 싫었다.

"니미, 할 줄 아는 게 있음 쿵, 내가 이 짓하고 살겠어요?"

"배우면 되지. 필요하면 한글도 배우고……."

잠깐, 잠깐. 이 형이 보자 보자 하니까 정말. 나는 형의 말을 중간
에 잘라 버리고 소리쳤다.

"웃기시네! 형은 거지가 글 읽는다는 말 들어 봤어?"

거기서 끝냈어야 했다. 하지만 형은 언젠가 내게 그랬던 것과 똑같이 누렁이에게 이렇게 말했다.

"배우면 되지 그게 무슨 문제야."

그러면서 어리둥절해하는 누렁이를 데리고, 한글 책자를 보여 주겠다며 일어서는 것이 아닌가.

한글이 뭔지도 모르는 저 멍청한 누렁이한테, 자기 이익만 챙기고 사람 이용하기를 밥 먹듯이 하는 누렁이한테, 무엇보다 내가 아니라 누렁이한테 말이다!

나는 축축하게 젖은 수건을 있는 힘을 다해 짜냈다. 손에 힘을 하도 주는 바람에 손이 덜덜 떨렸다. 그걸 주학이 녀석이 빼어 들더니 땀에 절은 자신의 뒷목에 닦아 냈다.

"야, 내가 아무리 곰곰이 생각해 봐도 답이 안 나와서 하는 말인데……."

주학이가 제법 진지한 얼굴로 물었다.

"뭐가?"

"그러니까 네가 좋아하는 사람이 그 여자애인 거냐, 아님 저 형인 거냐?"

이건 또 무슨 헛소리야?

나는 혼자 이상한 말을 지껄이는 녀석을 피해 뒷마당으로 발걸음을 옮겼다. 이놈 저놈 마음에 드는 놈이 하나도 없으니 차라리 혼자 있고 싶었다.

"자기 앞가림이나 잘할 것이지. 누굴 가르친다는 거야? 누렁이 저 자식도 요새 배가 불러도 너무 불렀다고. 한글은 무슨, 우라질!"

짜증나는 마음에 텃밭에 잡초들을 마구 헤집으며 발로 차 버렸다. 뽑힌 잡초들이 여기저기 나뒹굴고 있었다.

그렇게 한참 신경질을 부리고 있는데 뒤쪽에서 웃음소리가 들려왔다. 그 웃음소리에 얼마나 놀랐던지 나는 재빨리 풀떼기를 다시 제자리로 모아 놓았다. 그러다 그 웃음소리의 주인공이 누구인지 알았을 때, 그 더러운 기분이란.

목소리의 주인공은 얼마 전부터 아래채에 묵고 있는 기영이 형의 선생이었다. 항상 비어 있던 곳이라 사람이 있다는 걸 깜박했던 것이었다.

활짝 열린 문으로 희끗한 귀밑머리를 단정하게 빗어 넘긴 선생이 빙긋 웃고 있었다. 선생이 입은 흰 도포는 아주 맵시 있게 보였는데, 노인이라고 할 수 없는 딱 벌어진 어깨와 다부진 체격이 선비라기보다는 장군 쪽과 잘 어울렸다.

"너도 글을 배우면 될 게 아니냐."

"네?"

"기영이가 한글을 가르친다 하니 질투하는 것 같아 하는 말이다."

"그런 거 아닌데요."

나는 영역을 침범당한 들고양이처럼 털을 곤두세웠다.

"너만 괜찮다면 내가 가르쳐 줄 수도 있다만."

거, 참. 말 안 통하네. 아니라고 몇 번을 말해야 아는 건지.

"글을 알면 세상이 달라질 게다."

누가 선생 아니랄까 봐 선생은 형이 내게 했던 말과 똑같은 말을 했다. 나도 거기에 홀라당 넘어가 야학에 다니기도 했다. 하지만 그렇다고 지금 세상이 달라 보이나? 눈곱만큼도 달라진 점이 있나? 세상을 바꾸는 건 그딴 글자가 아니라 돈이다. 돈과 권력. 오로지 그것만이 내 세상을 바꿀 수 있다.

"많이는 몰라도 읽고 쓸 줄은 압니다."

"오호, 그러냐?"

내 말에 선생이 의외라는 듯 눈을 동그랗게 떴다. 나 같은 놈은 한 글도 모를 거라고 생각했을 테니 그럴 만도 했다.

"허나, 공부란 끝이 없는 법이란다."

참 나. 지금 나랑 공자 왈, 맹자 왈 이라도 하자는 거야 뭐야. 그 끝없는 공부, 혼자 많이 하세요. 난 관심 없으니까. 그깟 공부 더 해 보았자 머리만 아프지. 먹고살기도 바빠 죽겠는데 공부는 무슨.

"저 같은 놈이 공부는 더 해서 뭐합니까. 더 바뀔 인생도 없고 달라질 세상도 없는데요. 새로운 인생을 살게 된다면 모를까."

"새로운 인생?"

"네, 새로운 인생요. 지금과는 완전히 다른."

선생이 호기심 가득한 어린아이 같은 눈으로 나를 바라보았다.

하긴, 허구한 날 방구석에 처박혀 맹자, 공자 뒤꽁무니만 따라다닌 노인은 내가 어떤 인생을 살았는지 꿈에도 상상하지 못할 것이다. 내가 얼마나 많은 것을 잃고, 또 잃어 가며 근근이 살아왔는지 말이다.

그런데 선생이 안경을 벗어 앉은뱅이책상 위에 올린 다음 팔꿈치를 책상에 대고 피식 웃었다.

피식? 피이시익? 피시이이익? 세상에 어떤 사람이 내 비루하고 비참한 삶을 비웃을 수 있단 말인가. 먹어도 먹어도 늘 배고픔에 시달리는 나를, 언제 세상이 내 뒤통수를 칠지 몰라 늘 불안해하는 나를, 늘 뺏기기만 해서 더 잃을 것을 두려워해 마음조차 다 주지 못하는 나를. 대체 누가 비웃을 수 있단 말인가.

비참한 기분이었다. 지금까지 아등바등 살아온 내 삶이 무시당한 기분이었다. 그 누구도 다른 사람의 인생을 비웃을 자격이 없다. 그런데도 저 노인은 내 삶을 비웃고 있었다.

"새로운 인생이라…… 글쎄다. 지금의 인생도 네 것으로 살아가지 못하는데, 새로운 인생이 지금보다 더 나으리라고 어떻게 장담할 수 있겠느냐?"

선생의 목소리가 팽 돌아서는 내 뒤통수를 후려쳤다.

재수 없는 영감탱이 같으니라고! 내 두 번 다시 상종을 하나 봐라.

투덜대며 우물가에 들어서니 주학이가 팔짱을 끼고 미간에 주름을 짓고 있었다. 무슨 일이냐는 내 눈짓에 주학이가 턱으로 안채를 가리켰다. 마루에 앉아 손님 방에 귀를 세우고 이야기를 엿듣고 있는 미향이가 보였다.

"무슨 일인데?"

내 물음에 미향이가 다급하게 내려와 내 입을 틀어막았다.

"조용히 해. 지금 순사가 와 있단 말이야."

"뭐?"

너무 놀란 나머지 나도 모르게 큰 목소리가 버럭 튀어나왔다.

그때 방 안에서 인기척이 들려왔다. 미향이와 나는 후다닥 안채 옆 처마 그늘로 숨어들었다. 얼른 이쪽으로 오라는 내 손짓에 주학이도 두말없이 움직였다.

"순사가 왜 온 건데?"

내 물음에 미향이가 고개를 절레절레 흔들었다. 거기 앉아서 뭘 엿들은 거냐고 묻고 싶었지만 더 물을 새도 없이 방문이 벌컥 열렸다.

"대접을 이래 해가 우얍니꺼. 다음에는 기별이라도 하시고 찾아 주이소. 아주 상다리가 휘어질 정도로 준비를 해 놓겠심더."

박 씨 아저씨가 고개를 조아리며 알랑방귀를 껴 댔지만 순사의 기분은 썩 좋아 보이지 않았다.

나는 동태를 살피기 위해 슬쩍 고개를 내밀고 안마당을 살펴보다가 반대편에서 산짐승처럼 번뜩이는 눈과 마주쳤다. 요리조리 눈알을 굴려 상황을 파악하고 있는 누렁이었다.

나와 눈이 마주친 누렁이가 재빨리 내게 무슨 일이냐며 눈짓을 보내왔다. 나는 손가락으로 뒤를 가리키며 뒤쪽으로 돌아오라는 신호를 보냈다. 누렁이가 살짝 고개를 끄덕였다.

우리는 쥐구멍에 갇힌 쥐처럼 모여 꼼짝 않고 순사가 어서 떠나기만을 바랐다. 어쩐지 가슴이 콩닥콩닥 뛰면서 이상한 마음이 들었다. 빨래를 널어놓자마자 몰려오는 먹구름을 본 것처럼 불안하고 찜찜한 기분이었다.

"근데 걔는 어딨냐?"

주학이가 고개를 두리번거리며 물었다.

"누구?"

"걔 있잖아. 누렁이 뒤만 졸졸 따라다니는 애."

마침내 찜찜함은 두려움으로 변했다.

"씨부럴……."

어느새 뒤돌아 온 누렁이가 숨을 몰아쉬며 욕을 내뱉었다. 바깥채를 향한 누렁이의 시선 끝에 딱지의 부스스한 머리가 걸려 있었다.

가만히
있어

"딱, 딱지가 왜 저기 있어?"

누렁이 옆에 딱 달라붙어 있어야 했을 딱지가 바깥채의 2층에 서 있었다.

"언제부터 저기 있었는데?"

"나도 몰라."

그제야 남대문에서 여관으로 돌아온 뒤 아무도 딱지를 챙기지 않았다는 사실이 떠올랐다.

'……절대로 내려오면 안 돼.'

순간 머릿속이 아찔해졌다. 딱지는 내가 했던 말을 기억하고 남대문에서 돌아오자마자 2층에 올라가 있었던 것이다. 1층에는 순사와 박 씨 아저씨가 있었다. 둘 중 누구와도 부딪히지 않는 게 좋았다. 둘이 함께 있을 때는 더더욱.

2층에서 아래를 내려다보던 딱지의 입이 커다랗게 벌어지더니 누런 이가 환히 드러났다. 딱지가 우리를 발견한 것이다. 당장이라도 순사가 고개를 돌려 딱지를 볼 것만 같았다.

우리를 향해 손을 빙빙 돌리며 인사하는 딱지에게 나는 손을 내저으며 내가 보낼 수 있는 최대한의 경고를 보냈다.

거기 그대로 있어!

내 손짓에 딱지가 멈칫거렸다. 머리 숙이고 앉아! 들키면 안 돼! 나는 앉으라는 신호를 보내기 위해 손을 위아래로 흔들었다. 딱지가 얌전히 앉아 기다려 주길 바랐다. 그랬다면 이 일은 그저 작은 소동으로 끝날지도 몰랐다.

하지만 딱지는 앉으라는 내 손짓을 제대로 알아듣지 못했다. 딱지는 그것을 내려오라는 신호로 받아들인 것이다. 벙싯거리던 얼굴이 뒤돌아 까만 뒤통수로 변하고 이윽고 우리의 시야에서 사라졌다.

'내가 내려오라고 할 때까지 절대 내려오면 안 돼.'

딱지는 내 말을 정확하게 기억하고 있었다. 딱지가 계단을 내려오는 쿵쾅쿵쾅 발자국 소리가 머릿속에서 뎅뎅 울렸다.

"저, 저기 뭐꼬."

박 씨 아저씨가 귀신이라도 본 듯한 얼굴로 딱지를 바라보았다. 순사가 얼굴을 찡그렸다. 보통의 사람이었다면 분위기가 심상치 않다는 걸 알았을 것이다. 그러니 그제라도 눈치껏 피하거나 뒤돌아 달려 나갔을 터였다. 하지만 딱지는 그러지 않았다. 대신에 지금까지 살아남기 위해 했던 행동을 어김없이 실천했다.

"한 푼 줍쇼. 헤헤."

"이건 뭐야?"

순사가 더럽고 냄새나는 짐승을 만난 것처럼 코를 틀어막고 고개를 돌렸다.

'옷을 잘 차려입은 사람에겐 동냥을 해라.'

거지들은 굶지 않기 위해 동냥해야 했다. 자신이 동냥해 온 음식은 왕초와 나눠 먹어야 했다. 왕초에게 줄 것이 없으면 폭력이 시작되었다. 온몸을 두드려 맞은 다음 날에도 다시 구걸하러 나가야 했다. 딱지는 위험한 상황을 피하는 법 대신 어떤 상황에서라도 동냥하는 법을 배웠다. 그리고 지금, 그것을 실천하고 있었다. 언제나처럼 살아가기 위해서.

"한 푼만 줍쇼."

순사는 딱지의 작은 동냥 그릇을 던져 버렸다. 딱지는 바닥에 뒹구는 동냥 그릇을 주우려 했다. 하지만 순사는 용납할 수 없다는 듯 박으로 만든 동냥 그릇을 밟아 으스러뜨렸다. 딱지의 얼굴이 일그러졌다. 순사가 욕을 내뱉으며 딱지를 발로 걷어찼다. 작고 더러운 거지에겐 손을 쓰는 것조차 사치라는 듯이.

딱지의 입에서 살려 달라는 말이 나왔을 때, 누렁이의 어깨가 움찔거리며 앞으로 나갔다. 그런 누렁이의 어깨를 주학이가 잡아당겼다.

"가만히 있어."

주학이의 말이 맞았다. 가만히 있으면 그걸로 끝날 일이었다. 딱지는 배고픈 거지일 뿐이었다. 순사는 분이 풀릴 때까지 딱지를 때리겠지만 소동은 그걸로 끝일 터였다. 아니, 그럴 거라고 믿었다.

맞은편에 선 기영이 형이 보였다. 형도 우리처럼 모든 걸 보고 있었다. 형은 손이 하얗게 될 만큼 세게 주먹을 쥐고, 모른 척하기 위해 견디고 있었다.

가만히 있어, 형. 아무것도 하지 마.

형은 창씨개명을 하지 않아 일자리를 잃었다. 어디서도 형을 받아 주지 않았다. 연해주에 있는 가족들이 형을 기다리고 있었다. 형은 더 이상 잃을 수 없었기에 아무것도 해서는 안 되었다. 잃지 않기 위해 가만히, 견뎌야 했다. 하지만 형은…….

형은 견디지 못했다.

가만히 있으라 했던 우리를 지나 가여운 딱지를 위해 달려 나갔다. 나는 입을 굳게 다물었다. 나도 모르게 손에 힘이 들어갔다. 형이 울부짖는 딱지를 끌어안았을 때 내 심장이 쿵쾅거리며 뛰기 시작했다. 형의 품 안에 있는 아이는 더 이상 딱지가 아니었다. 형의 품 안에는 굶주림에 지친 조그만 아이였던, 내가 있었다.

이제 막 겨울을 준비하느라 낙엽들이 부산을 떨며 뚝뚝 떨어지던 날, 청계천 거지 움막에는 경성에서 가장 먼저 겨울이 찾아왔다. 추위가 뾰족한 가시를 세우며 칼날 같은 바람을 후후 불어 대는 통에 내 몸은 점점 더 야위어 갔다. 같은 또래 아이들보다 나는 한 뼘이나 작았다. 제대로 먹지 못한 탓이었다. 굶주림과 추위는 깐깐한 순사들처럼 좀처럼 익숙해지지 않았다.

그때 나는 동냥 그릇을 품에 안고 이리저리 돌아다녔다. 마냥 걸어다니며 '한 푼만 주세요'를 중얼거리고 있는데 눈앞에 보리개떡이 보였다. 아무 생각도 나지 않았다. 본능적으로 나는 곧장 보리개떡이 담긴 바구니에 손을 뻗었고 손에 닿는 대로 입에 넣었다. 아주머니가 고함을 지르며 나를 밀쳐 냈고, 그 바람에 바구니가 엎질러졌다.

옆에서 장사를 하던 사람들이 달려 나와 내 허리를 걷어찰 때까지 나는 바닥을 기어 다니며 흙이 묻은 보리개떡을 모두 입안에 넣었다. 그러다가 뱃가죽을 걷어차이자 입안에 채 삼키지 못한 것이 튀어나왔다. 나는 다시 기어가 그것을 입에 넣고 몸을 웅크렸다. 오로지 입안의 것을 삼키기 위해서였다. 무슨 일이 벌어진 건지 생각할 수 있었을 때는 누군가 내 몸을 감싸 안고 커다랗게 외친 순간이었다.

"그만하세요!"

"이건 또 뭐야?"

순사의 얼굴이 심한 모욕을 당한 사람처럼 일그러졌다. 순사는 책임을 묻는 것처럼 아저씨를 바라보았다. 당황한 아저씨는 무슨 말을 해야 할지 몰라 입만 뻐끔거렸다.

"괜찮아?"

형이 딱지를 일으켜 세웠다. 딱지는 두 손을 모으고 어찌할 바를 몰라 초조하게 몸을 움직였다. 형은 그런 딱지의 어깨를 바로잡아 주었다. 걱정할 것 없다는 듯이.

"아주 눈물겨워서 못 봐주겠군."

순사의 말에도 형은 아무렇지 않게 딱지의 옷을 털어 주었다. 순사의 눈치를 살피던 박 씨 아저씨가 노파심에 형을 불렀다.

"기영아!"

형이 아저씨를 바라보자 아저씨는 온 얼굴의 주름을 이용해 당장 거기서 비켜서라는 눈짓을 보냈다. 그러자 순사의 미간에 길게 주름이 잡혔다. 순사의 차가운 눈초리가 박 씨 아저씨와 형에게 번갈아 닿았다.

"거기 너. 이름이 뭐라고?"

"……"

"이름이 뭐냐고 물었을 텐데?"

"제 이름은 알아서 뭐하려고 그러십니까?"

형이 자신의 얼굴에 침을 뱉기라도 한 것처럼 순사는 얼굴이 시뻘겋게 익었다. 순사가 한쪽 입술을 비틀어 올렸다. 고개를 절레절레 저으며 혀를 차던 순사가 갑자기 표정을 바꾸더니 딱지의 배를 발로 밀었다. 딱지의 몸이 휘청거리며 다시 바닥에 넘어졌다. 그러자 형이 눈을 치켜뜨며 외쳤다.

"무슨 짓입니까!"

"조선인들이 아직도 쓰레기 처리법을 모르는 것 같아 가르쳐 주려 하는 게다."

순사가 딱지 곁으로 한 걸음 다가섰다. 나는 그때 딱지가 벌떡 일어나 도망갈 거라 생각했다. 누구나 두려운 상황이 닥치면 살기 위해 도망가는 법이니까.

하지만 딱지는 도망가지 않았다. 두려움에 몸을 벌벌 떨고 짐승처럼 울부짖으면서도 도망가지 않았다. 대신 폭력을 기다리며 머리를 감싸 쥐고 몸을 움츠렸다. 자신을 망가뜨릴 발길질을 기다리면서.

왜 도망가지 않는 거지? 어째서……. 혹시 기다리고 있는 거야?

두 눈을 감고 머리를 감싸 쥔 딱지의 머리 위로 짙은 그림자가 졌다. 그리고 그 앞을 또 다른 그림자가 막아섰다.

"창씨는 위대한 천황폐하의 신민이라면 누구나 해야 하는 의무다. 아직도 조선 이름을 버젓이 부르며 함부로 입을 놀리는 네놈 같은 것들은 훌륭한 신민이 될 자격이 없어. 그런 놈들을 뭐라고 부르는지 아나?"

순사 앞을 막아선 기영이 형 이마에 차가운 총구가 겨누어졌다. 그 순간 시간이 멈춰 버린 것 같았다. 크게 숨을 들이마신 주학이는 내뱉을 줄 몰랐고, 손으로 입을 막은 미향이는 그대로 굳어 버렸다. 박씨 아저씨의 가느다란 눈은 크게 팽창되었다. 바람도 나뭇잎을 흔들지 않았다. 오로지 구름만이 태양을 가리며 시간이 멈추지 않았음을, 이것이 꿈이 아님을 알려 주었다.

"그런 놈들을 쓰레기라 부르지."

기영이 형이 순사를 바라보았다. 순사의 입가에 웃음이 걸렸다. 웃음 속에 날카로운 이가 튀어나와 나를 갈기갈기 찢어 버릴 것만 같았다. 두려웠고 점점 숨이 막혀 왔다.

나는 아무것도 할 수 없었다.

"야 이 개새끼야!"

순식간에 일어난 일이었다. 옆에 서 있던 누렁이가 안마당으로 달려 나가며 소리쳤다. 미친 짓이었다. 누렁이는 순사에게 닿기도 전에 총에 맞아 죽을 수도 있다. 거지 하나 죽인다고 해서 순사를 책망할 사람은 아무도 없었다. 하지만 누렁이는 달려갔다.

나는 눈을 감아 버렸다. 눈앞에서 일어나는 일을 차마 볼 자신이 없었다. 울음소리와 고함 소리, 욕지거리가 귓가를 어지럽혔다. 어디에서도 총소리가 들리지 않았다는 사실을 깨달은 뒤에야 눈을 뜰 수 있었다.

그런데 뭔가 이상했다. 누렁이는 순사의 머리카락 한 올도 건드리지 못했다. 놀랍게도 누렁이가 있는 힘을 다해 발길질을 하고 있는 사람은 순사가 아니라 딱지였다. 누렁이는 욕을 내뱉으며 딱지를 밟고 있었다.

"니미럴, 이 새끼야, 너 무슨 짓 했어? 어?"

딱지가 큰 소리로 울음을 터트렸다. 그리고 누렁이가 순사의 발밑에 무릎을 꿇었다.

"아이고 나으리, 쿵. 이놈이 배가 고파 미친 모양입니다요."

누렁이는 능숙하게 무릎을 꿇고 잘못을 빌었다. 순사의 눈썹이 잔뜩 일그러졌다.

"더러운 손으로 어딜 감히 만지는 거야?"

순사가 총으로 누렁이의 머리를 내리쳤다. 바닥으로 쓰러진 누렁이의 이마에서 뻘건 피가 흘러나왔다. 주학이가 작게 욕을 내뱉으며 누렁이에게 뛰쳐나갔다. 미향이의 입에서 울음이 터져 나왔다.

"여긴 불령선인들의 소굴이나 다름없군."

순사가 기영이 형을 거쳐 박 씨 아저씨를 바라보았다.

"무슨 말씀을 그래 하십니까. 오해라예."

"버젓이 조선 이름을 쓰면서도 오해라? 여기 주인장도 창씨를 하지 않지 않았소?"

"아입니다, 아입니다! 오늘이라도 당장 할낍니다. 해야지예."

"그거야 지켜봐야 알 일이지. 너희처럼 하찮은 놈들에게도 위대한 대일본 제국의 성씨를 쓰도록 허락해 주신 천황폐하께 감사해야 할 것이다. 이 은혜도 모르는 조센징들."

순사가 선전 포고를 하듯 모두에게 말했다. 섬뜩한 눈초리가 모두에게 닿았다.

순사가 여관 밖으로 나가자, 훌쩍이던 미향이가 안마당으로 뛰쳐나갔다. 나는 한 발짝도 움직일 수 없었다.

"소금 가져와가 대문 앞에 뿌리라. 재수가 없을라카이!"

카악 퉤. 아저씨의 깊은 가래 소리가 순사가 갔음을 알려 주었다. 다리에 힘이 풀렸다. 나는 여전히 그늘 밑에 숨어서 움직일 수 없었다. 작은 벌레가 된 기분이었다.

"정신 차려. 내 말 들려?"

주학이가 누렁이의 머리를 자신의 다리에 올려놓고 뺨을 톡톡 두드렸다. 하지만 누렁이의 눈은 떠질 생각을 하지 않았다. 딱지가 네발로 기어와 누렁이의 시뻘건 피를 가만히 바라보았다. 마치 그것이 진짜 피인지 가짜인지 알아보려는 것처럼 말이다. 그러고는 갑자기 울음을 터트렸다. 누렁이의 옷깃을 부여잡고 흔들며 미친 듯이 고개를 저어댔다. 딱지의 울음소리가 온 여관을 울리고 다시 되돌아올 때쯤, 무겁게 가라앉았던 누렁이의 눈꺼풀이 움직였다.

"니미, 염병하고 자빠졌네, 킁. 누가 뒈졌냐? 울긴 왜 울어."

"뭐야?"

"킁, 뭐긴 뭐야?"

딱지의 울부짖음이 흐느낌으로 변하고 서서히 멈춰 갔다. 당황한 주학이에게 누렁이가 도리어 뻔뻔한 얼굴로 말했다.

"시부럴 킁, 더럽게 아프네."

딱지가 젖은 눈을 깜박이고 누런 코를 들이마셨다. 누렁이가 죽은 게 아니라는 사실에 안정을 찾는 듯했다.

"뭐야. 사기였어?"

"사기는 니미. 킁, 야 넌 도마뱀이 꼬리 자르고 도망가는 게 사기로 보이든? 진짜 뒈질 뻔했구먼."

누렁이는 이마를 문지르면서도 입구 쪽을 두리번거리는 것을 잊지 않았다. 주학이의 얼굴에 안도와 허탈함이 동시에 묻어났다.

기영이 형이 눈물을 그렁그렁 매달고 있는 미향이의 머리를 부드럽게 쓰다듬었다. 미향이가 와락 울음을 터뜨렸다.

"지랄한다, 가시나. 울기는 니가 와 우노."

박 씨 아저씨가 못마땅한 얼굴로 미향이를 쳐다보았다. 그런 아저씨도 놀랐는지 얼굴이 뻘겋게 달아올라 식을 줄 몰랐다.

"내 언젠가 이 사단이 날 줄 알았다. 가만히 있지, 왜 쓸데없이 나서가 일을 만드노, 만드길."

"가만히…… 있었어야 했다고요?"

"그라모! 니가 나서는 바람에 이 봐라. 니뿐만 아니라 저 거렁뱅이까지 총 맞을 뻔했고 인자는 우리 여관까지 곤란해졌다 아이가."

형이 동의를 구하듯 모두를 바라보았다. 하지만 형의 말에 아무도 대답하지 않았다. 대신 모두들 형의 눈길을 피해 고개를 숙였다.

"불령선인으로 찍히믄 우째 되는지 몰라서 그라나? 이번에는 잔말 말고 내가 시키는 대로 해라. 내일이라도 당장 가서 창씨부터 하고……."

"가만히 있었어야 했다고요? 저 아이가 아무 잘못도 없이 맞고 있었는데 가만히 있어야 했다고요?"

형의 시선이 딱지에게 닿았다. 딱지가 불에 덴 것처럼 흠칫 놀라 주학이의 등 뒤로 숨었다.

"때리면 때리는 대로, 시키면 시키는 대로 그렇게 있어야 한다고요? 조국이 없으니 짓밟혀야 하고, 돈도 없고 힘도 없으니 기어야 한다는 거예요?"

형의 태도에 박 씨 아저씨의 찢어진 눈에 제법 노기가 올랐다.

"니는 뭐가 그래 생각이 많노? 그 똥고집 어디다 쓰냔 말이다. 바람이 불면 흔들릴 줄도 알아야지. 곧이곧대로 서 있다가는 뿌사지는 기다. 내도 더는 못 참는다. 계속 그랄라 카모, 짐 싸가 나가라."

"아빠!"

박 씨 아저씨의 말에 미향이가 소리를 질렀다. 화가 난 아저씨도 더는 지지 않겠다는 듯 미향이를 바라보았다.

"그라모, 여관 문 닫고 굶어 죽을 기가?"

형이 두려움에 질린 사람처럼 한 발짝 물러섰다. 형의 눈길이 내게 닿았다.

사실 나는 불의를 보면 참지 못하는 형이 좋았다. 그럴 때마다 남의 일에 참견 말라고 퉁을 놓았지만 실은 그런 형의 모습이 좋았다. 죽어 가던 나를 수렁에서 끌어내 주고 지금처럼 살게 해 준 것도 바로 형의 그런 모습 때문이었다. 하지만 지금 나는 그런 형의 눈길을 피해 버렸다.

형이 아무 말 없이 뒤돌아섰다. 어깨에 무거운 바윗덩어리를 올린 것처럼 힘겹게 한 발, 한 발 그늘 속으로 사라졌다. 마당이 텅 비어

버린 느낌이 들었다. 미향이가 눈물을 매달고 박 씨 아저씨를 노려보다 팽 하니 뒤돌아 가 버렸다.

"싸가지 없는 가시나, 어데 아부지를 그래 쳐다보노. 자식새끼 키워 봐야 아무 소용없다드만 그 말이 딱 맞다카이!"

미향이를 흘겨보던 아저씨의 눈이 구석에서 멀뚱히 상황을 지켜보던 누렁이에게 닿았다. 아저씨의 눈살이 급격히 찌푸려졌다.

"근데 이 거렁뱅이는 어데서 튀어나온 기고? 가만 있어 보자. 내 이 노무 새끼들을 그냥!"

박 씨 아저씨가 손바닥에 침을 퉤퉤 뱉더니 커다란 나무 빗자루를 들고 나왔다. 눈이 휘둥그레진 누렁이가 얼른 몸을 피하고 놀란 딱지가 주학이의 등 뒤로 바짝 달라붙었다.

"이노무 거렁뱅이들이 여기가 어데라꼬 찾아오노!"

악악대는 비명소리가 내 귓속에 화살처럼 날아와 박혔다. 찌릿한 느낌에 정수리까지 어지러웠다. 그때서야 나는 그 소리가 누렁이의 입에서 나는 소리가 아니라 내 몸이 질러 대는 소리라는 것을 알았다. 정신이 번쩍 들었다.

형이 가 버렸다.

마당으로 거대한 그림자가 괴기스런 침묵을 감싸고 휘돌고 있었다.

창씨개명과
반대 전단

형이 여관을 나간 지 벌써 이틀이 지났다. 어디서 뭘 하는지 코빼기도 보이지 않았다. 그러는 동안에도 아저씨는 순사에게 찍힌 것이 염려된다며 창씨개명을 하겠다고 나섰다.

"가시나 니는 학교 보내 났드면, 까막눈인 내나 다를 게 뭐가 있노."

부청에서 창씨개명을 퇴짜 맞은 아저씨가 얼굴이 붉으락푸르락해서는 잔뜩 신경질을 부렸다. 아닌 게 아니라, 창씨개명을 하겠다고만 하면 해 주는 줄만 알았는데 부청에서 새 일본 이름을 지어 '씨설정 신고서'를 제출하라고 했기 때문이었다. 일본 말은커녕 조선말도 모르는 까막눈인 아저씨로서는 환장할 일이었다.

부청에서는 까막눈인 사람들을 위해 창씨 상담소를 개설했으니 그리 가 보라고 했다. 하지만 막상 창씨 상담소를 가 보니 돈을 내야 했다. 평소에도 돈 한 푼이라면 손을 벌벌 떠는 사람에게 돈을 주고 이름을 지으라니 미치고 팔짝 뛸 노릇이었다. 때문에 아저씨는 미향이에게 두 글자의 일본 이름을 알아보라고 시켰다.

"치. 보통학교 조금 다닌 게 무슨 학교 다닌 거야."

"내는 학교 문턱도 몬 넘고 이 나이꺼정 잘만 살았다. 가시나가 보통학교나 나왔으믄 됐지. 무슨 벼슬한다꼬?"

"그냥 돈 내고 이름 지으면 되잖아."

"미친나. 뭐 그래 대단한 이름 짓는다꼬 돈까정 쓰노."

"아이 진짜. 그럼 잔소리나 하지 말든가. 내가 이름을 지어 봤어야 알지."

"고마 아무렇게 해라카이. 뭐한다꼬 책까지 들여다보느냔 말이다."

"어떻게 아무렇게나 해? 그래도 이름인데. 이왕이면 최고로 모던한 걸로 지을 거야."

아저씨가 신경질을 부리든지 말든지 미향이는 쪼그리고 앉아 책장을 넘겼다. 혼자 종알거리며 뭔가를 쓰다가 마음에 들지 않는지 고개를 휘 내저으며 쓴 걸 다시 지우기를 반복했다.

"아이고 답답으래이."

아저씨가 가슴을 퍽퍽 내리치며 돌아서다가 괜히 내게 신경질을 부렸다.

"니는 요새 일을 하나 마나. 어데 만날 천날 싸돌아 댕기노. 방마다 먼지가 뿌옇게 앉았드라. 니는 그라고도 밥이 목구멍으로 넘어가

나. 소도 여물 먹이면 그만큼 일한다. 니는 우예 소보다 몬하노. 청소다 안 해 놓고는 저녁 먹을 생각도 하지 마라!"

그도 그럴 것이 전쟁이니 뭐니 뒤숭숭한 분위기에 여관 손님은 줄대로 줄었고, 거기다 창씨개명을 핑계로 순사까지 다녀갔으니 아저씨 심기가 불편한 건 당연했다. 그러든지 말든지 나는 박 씨 아저씨와 미향이가 얄미운 마음에 눈꼴이 시렸다.

형이라면 사족을 못 쓰던 미향이마저 창씨개명을 하겠다고 책까지 보고 있으니 더욱 그랬다. 아저씨도 마찬가지다. 그렇게 형이라면 입에 침도 안 바르고 칭찬만 해 대더니 막상 일이 이렇게 되자 불똥이라도 튈까 봐 몸 사리는 꼴 좀 보라지.

하다못해 키우던 개가 집을 나가도 걱정을 한다는데, 어찌 된 영문인지 이 집 사람들은 죄다 형에게 관심이 없어 보였다. 아래채에 묵고 있는 선생은 형이 나간지도 모르는 눈치였다. 형이 그렇게 챙겨 주었는데 사람이 들어오는지 나가는지 관심도 없다니. 나는 이게 다 아래채 선생 때문이라도 되는 듯 아니꼬운 마음에 아래채를 향해 눈을 흘겼다.

"눈깔로 집 부수겠다. 뭘 그래 가자미눈을 하고 보노? 왜, 내가 청소하라 켔다고 그라나?"

"그런 거 아니에요."

"아니믄? 아니믄 뭐냔 말이다."

"그냥 본 거예요, 그냥. 눈 달렸는데 쳐다보지도 못해요?"

142

"내가 차라리 소 새끼를 키우면 키웠지. 머리 검은 짐승 거두는 게 아니랬다꼬. 말대꾸 하는 거 봐래이. 니가 뭘 잘했다고 꼬박꼬박 말대꾸고?"

"아저씨는 형 걱정도 안 돼요? 해도 해도 너무 하잖아요. 형이 어디서 밥은 먹고 다니는지 잠은 자는지도 모르는데. 선생이라는 작자도 그렇고."

나는 다시 아래채를 향해 눈을 흘겼다. 아저씨는 내 뒤통수를 한 대 내리칠 요량으로 손을 쳐들었다가 잊어버린 것이 기억났다는 듯 손뼉을 짝 쳤다.

"가만 있어 보자. 저 양반이 선생 이랬제? 저 양반한테 이름 좀 지어 달라케야 쓰겠다."

돈 주고는 죽어도 못하겠으니 손님에게 이름을 지어 달라고 할 모양이었다.

"안에 계신교?"

안쪽에서 인기척이 들렸다. 아저씨가 흐음, 헛기침을 하고 문을 열자 앉은뱅이책상에 허리를 꼿꼿이 세운 선생이 보였다.

"지내는 데 뭐 불편한 건 없지예?"

없을 리가 있나. 곳간으로 쓰일 법한 방을 내 주고 불편한 게 없느냐니. 하여간 뻔뻔한 건 조선 제일이라 해도 과언이 아니었다.

"마, 별 건 아니고예."

아저씨는 무슨 생각으로 저런 노인네에게 부탁하려고 하는 건지 모르겠다. 모르긴 몰라도 창씨개명을 도와달라고 하면 별안간 벼락이 내리치듯 호통이 쏟아질 게 뻔했다. 나는 슬쩍 옆으로 물러나 박씨 아저씨와 선생의 싸움을 지켜보기로 했다. 근데 이게 웬걸?

"내 비록 학식이 뛰어나다 말할 순 없으나, 내지말(일본말)을 조금 할 줄 아니 도움이 될 수도 있겠소."

창씨개명을 도와달라는 말에 선생은 기다리고 있었다는 듯 냉큼 나섰다. 기영이 형이 존경에 마지않는 선생이라는 것이 믿기지 않을 정도였다.

"지는 마, 길고 어렵고 그런 건 딱 질색입니더. 그냥 짧고 쉬운 걸로 좀 부탁 드립니다."

"쉽고 간단한 거라…… 그렇다면 '우자'는 어떻소? 일본 말로 하면 '으시노코'라 하는데 발음도 쉽고 짧으니 외우기 어렵지 않을게요."

"마 그라입시다. 뭐 아무거나 하믄 어떻습니꺼. 불편한 거 있음 언제든 말씀하이소. 이래 간단하게 지을 것을 저 가시나는 뭐 그래 오래 걸렸는지 모르겠네."

아저씨는 뒷목을 긁으며 고개를 갸웃거리며 돌아섰다. 선생이 곧장 해결해 준 것이 자신이 생각해도 영 찝찝했던 모양이었다. 사람 못 믿기로는 또 어디 내놔도 뒤지지 않는 '불신' 덩어리가 아저씨였다. 정작 본인은 '불편한 것이 있음 말하라는', 마음에도 없는 말을 잘도 하면서 말이다.

나는 잔뜩 독기 오른 눈초리를 아저씨의 뒤통수를 향해 쏘아 댔다.

그런 나를 선생이 헛기침을 하며 불러 세웠다.

"일자리를 잃고 싶지 않거든, 여관 주인이 부청에 가기 전에 말리는 게 좋을 게다."

이건 또 무슨 말이래?

선생은 고개를 숙여 다시 책을 들여다보았다. 그러더니 하늘 천, 따지를 외우듯 이렇게 말했다.

"그게 소 새끼란 뜻이거든."

아니 이게 무슨 개떡 같은 소리란 말인가.

내가 턱이 빠져라 입을 벌리며 내 귀를 의심할 동안, 선생은 마치 오늘 날씨가 참 좋다고 말하는 것처럼 아무렇지도 않은 얼굴로 말을 이었다.

"사람을 소처럼 부리는 것을 좋아하는 거 같아 그리 지었지. 딱이 지 않느냐?"

"네에?"

당황한 나를 보며 선생이 호탕한 웃음을 터트렸다. 그의 눈에 장난 기가 가득 차 있었다. 하지만 나는 조금도 우습지 않았다.

"지금 박 씨 아저씨가 까막눈이라고 무시하는 겁니까?"

"아니다. 그저 장난을 좀 쳤을 뿐이지."

"장난도 장난 나름이죠. 당한 사람이 장난인 줄 모르는데 그게 어 찌 장난입니까?"

허허허. 다시 선생이 호탕한 웃음을 터트렸다. 장난으로 던진 돌에

개구리는 맞아 죽는다더니, 누구는 돌에 맞아 정신없이 죽게 생겼는데 누구는 방바닥에 퍼질러 앉아서 웃고 자빠졌으니 내가 속에서 열불이 안 나게 생겼느냐는 말이다.

"나는 네가 여관 주인을 아주 미워한다고 생각했다만."

그래도 박 씨 아저씨는 앞에서 내게 욕을 하면 뒤에서도 욕을 하는 일관성 있는 사람이다. 누구처럼 앞에선 선한 척, 뒤에서 사람 뒤통수치는 일은 없었다.

"그래도 그런 장난은 안 쳐요."

"뭐 어떻느냐. 나무를 나무라 부르지 않게 되면 그때부턴 뭐라고 부르든 상관없어지는 건데. 의미를 잃어버린 이름에 장난 좀 친다 한들 그게 무슨 큰일이겠느냐. 이름 좀 바뀐다고 사람이 바뀌는 것도 아닌데 말이다."

선생의 말에 뒤통수를 얻어맞은 것처럼 머리가 띵해졌다.

'형 이름이 뭐 그리 대단하다고 악착같이 버티겠다는 거야? 막말로 이름 좀 바꾼다고 형이 다른 사람이 되는 것도 아니잖아.'

형이 더 이상 일을 할 수 없다고 했을 때 내가 형에게 했던 말이었다. 선생은 내가 형한테 하는 말을 다 듣고 있었던 거였다.

나를 놀리고 있는 게 분명했다. 정말 분한 것은 어떤 말로도 반박할 수 없다는 거였다.

노인네가 얼마나 얄밉던지 입에다 대고 방귀라도 뀌어 주고 싶은 심정이었다. 하지만 선생은 내 기분은 아랑곳하지 않고 껄껄댔다. 그러다 문득 정말 중요한 게 막 생각났다는 듯 눈을 동그랗게 뜨고 물었다.

"그래, 아직도 새로운 인생이 살고 싶은 게냐?"

나는 몹시 화가 났다. 박 씨 아저씨에게 장난을 치고도 별일 아니라는 듯 구는 것도, 선생의 입가에 미소가 걸려 있다는 것도, 내 인생에 대해서 장난스럽게 물어 오는 것도 전부 화가 났다.

선생이 여전히 미소를 머금고 나를 내려다보았다. 선생의 입가에 책보다 더 많은 이야기가 담겨 있는 것 같았다. 아직 아무도 결말을 알지 못하는 이야기가.

경성부청으로 가기 위해 서둘러 전차를 탔다. 평소라면 이렇게 쉽게 전차를 탈 리 없었지만 미향이의 말을 듣고 나니 서두르지 않을 수 없었던 것이다.

땡땡땡, 전차가 서두르라는 듯 달리기 시작했다. 창밖으로 바람처럼 스치는 풍경 속에 내 얼굴이 비쳤다. 어리석고 초조한, 볼품없는 소년의 모습.

"넌 형 걱정도 안 되냐?"

여관을 나오다가 배를 바닥에 깔고 책을 뒤적이는 미향이의 모습에 벌컥 화가 나 소리쳤다.

"무슨 소리야?"

"무슨 소리는 뭐가 무슨 소리야. 형이 왜 여관을 나갔는지 알면서 꼭 그렇게 열과 성을 다해 창씨를 해야겠느냐고."

미향이가 책장을 후딱 덮으며 눈썹을 찌푸렸다.

"오빠를 위해서 이러고 있는 거야. 오빠가 창씨는 죽어도 안 한다고 하니까. 아빠가 오빠 것까지 해 주겠다고 했단 말이야. 부청 직원들한테 뒷돈까지 찔러주면서 얼마나 힘들게 만든 기회인데."

"형이 하기 싫다는데, 꼭 그렇게까지 해야 해?"

내 말에 이번에는 미향이가 벌떡 일어나 앉았다.

"아무것도 모르면서!"

"내가 모르긴 뭘 몰라?"

미향이가 한숨을 깊게 내쉬고는 고개를 절레절레 흔들었다.

"너 그저께 순사가 왜 왔는지 모르지? 창씨를 하지 않은 사람은 징용이나 보국대에 끌려갈 거라고 으름장을 놓았대. 넌 오빠가 끌려갔으면 좋겠어?"

미향이의 목소리가 전차 소리에 밀려 서서히 멀어졌다. 징용이라니, 보국대라니.

나도 모르게 입술을 깨물었다. 어느새 거대한 고철 덩어리가 땡땡땡 종소리를 울리며 부청이 있는 황금정 입구에 도착했음을 알렸다.

부청에는 사람들이 길게 줄지어 서 있었다. 모자를 쓴 사람, 갓을 쓴 사람, 교복을 입은 사람, 부채질하는 사람, 혼잣말을 중얼거리는 사람까지 모두가 손에 허연 종이를 쥐고 있었다. 씨설정신고서를 들고 창씨개명을 하기 위해 찾아온 사람들이었다.

부청 옆에는 하얀 천막으로 임시로 만들어진 '씨명짓기상담소'가 있었다. 그 앞에서 염소수염이 난 사내가 '단돈 1원이면 새로운 이름이 생긴다'며 호객을 해 댔다.

"여기 누구 글 좀 읽을 줄 하는 사람 없슈?"

햇볕에 그을려 검게 탄 남자가 연신 부채질을 하며 물었다. 벌게진 얼굴에 아무리 부채질을 해 보아도 남자의 얼굴은 식을 줄 몰랐다.

"이 글 좀 봐 주슈. 함부로 창씨를 쓰면 징역을 산대유. 우리야 뭐 글을 알아야 그게 제대로 된 건지 아닌지 알지유."

그러니까 남자의 말은 이랬다. 조금 전 한 청년이 '이누쿠소 쿠라에(犬糞食衛 견분식위)'라 쓴 씨설정신고서를 내밀자 그것을 받아든 부청 직원이 순사를 불렀다는 것이다. 그 즉시 청년은 창씨개명을 모독했다는 죄명으로 그 자리에서 체포되었다고 했다.

까막눈이던 남자는 자신의 일본 이름이 불온한 것인지 그렇지 않은 것인지 알 수 없어 지레 겁을 먹고 말았다. 그때 옆에서 이야기를 듣던 갓을 쓴 노인이 혀를 끌끌 차올렸다.

"걱정들 말게나. 그자는 저 스스로 끌려간 게니."

"그게 무슨 말씀이슈?"

"견분식위라, 개똥이나 처먹으라는 뜻이다!"

노인의 말에 주변 사람들이 웅성거리기 시작했다.

"아니, 자기 성씨를 개똥이라 지었단 말이유?"

"그자가 무슨 연유로 그리 지었겠는가."

노인이 길게 늘어진 줄을 바라보며 한숨을 내쉬었다.

"쯔쯧. 세상이 어찌 돌아가려고. 말세네, 말세여."

하얀 도포 자락을 휘날리던 노인이 자리를 뜨자 곧장 다른 사람들이 모여들었다. 사람들의 입에는 이와 비슷한 이야기들이 오고 갔다. 창씨개명을 잘못하는 바람에 진고개에 사는 이가(家)가 징역을 산다는 둥, 동대문에 사는 박가(家)가 벌금을 물고 매를 맞았다는 둥, 소문은 스산한 바람처럼 번져 가 몇몇 사람들의 입을 거쳐 거대한 태풍이 되었다. 사람들에게 창씨개명은 어느새 공포의 대상이 되어 있었다.

번뜩 머릿속에 박 씨 아저씨가 떠올랐다. 선생이 지어 준 것으로 창씨개명을 신청했다가는 아저씨도 끌려갈 판이었다. 나는 사람들 틈에서 빠져나와 서두르기 시작했다. 빨리 아저씨를 찾아야 했다.

대체 어디 있는 거야?

신이 난 창씨 상담소의 호객꾼 옆에서 익숙한 얼굴이 보였다. 하얀 천막을 걷어 올리고 툴툴대며 나오는 사람은 분명 박 씨 아저씨였다. 호객꾼이 박 씨 아저씨를 향해 실없는 미소를 보냈다. 박 씨 아저씨가 그런 호객꾼을 못마땅한 눈초리로 노려보다가 다가오는 나를 발견하고 미간을 좁혔다.

"니가 여긴 와 있노?"

"창씨는요? 새로 지으신 거예요?"

"말도 마라. 어쩐지 나올 때 뭔가 찜찜하다 했구먼. 그 양반이 글을 안 써 줘가 신청서를 쓸 수가 있어야제. 쪼매만 더 있으믄 부청 문 닫을 시간 아이가. 그래가 돈 주고 이래 써 왔다."

아저씨가 멱살을 잡듯 손에 들린 종이를 흔들어 댔다.

"요무라라 켔나, 요시무라라 켔나. 뭔 놈에 이름이 이따구로 어려븐지. 니 조선말 좀 볼 줄 알제? 여그 조선말로 써 놨으니까 얼른 한 번 읽어 봐라."

아저씨가 내민 누런 종이에는 꼬부랑 일본말이 커다랗게 쓰여 있었다. 그 아래 조그만 글씨로 쓰여 있는 '요시무라'라는 우리말이 보였다. 분명 우리말로 쓰여 있었으나 무슨 뜻인지 의미를 알 수 없는 글이었다.

'이제 조선말은 쓰면 안 된대.'

골목길에서 뺨 때리기를 하던 아이의 말이 떠올랐다. 조선에서 더는 조선말을 쓸 수 없다니. 말도 안 되는 일이라 여겼다. 그때는 한 귀로 듣고 한 귀로 흘려보냈다. 그런데 지금 무슨 말인지 알 수 없는 글자들이 조선 사람들의 이름이 되어 가고 있었다. 나는 종이를 가만히 바라보았다. 언젠가 형이 나를 바라볼 때처럼.

"이제 성씨를 잃었으니, 우리 집은 대가 끊긴 거나 다름없소. 내 죽어 조상님 얼굴을 어찌 볼지."

막 신청서를 내고 나온 남자가 한숨을 쉬며 하늘을 올려 보았다. 부청에는 마치 두 개의 하늘이 존재하는 것처럼 느껴졌다. 부청 앞에서 줄을 선 사람들의 하늘과 그 앞의 거리에 선 사람들의 하늘. 그리고 나는, 그 두 개의 하늘이 똑같은 표정으로 사람들을 내려다보고 있다는 것을 느꼈다.

"거 목소리 좀 낮추쇼. 참말로 골로 가고 잡소?"

더벅머리 사내가 주변을 빙 두르며 잔뜩 겁먹은 얼굴로 말했다. 그러자 사내 곁에 있는 노인이 진절머리 난다는 듯 고개를 절레절레 흔들었다.

"젊은 사람들이 부끄러운 줄 모르고. 쯧, 너나 나나 할 것 없이 성을 갈아 치우겠다니. 며칠만 더 기다려 봄세."

"어르신. 기다린다고 해결될 일이 아닙니다. 말로는 창씨가 자유라고 하지만 창씨를 하지 않으면 당장 살길이 막막할 지경입니다. 조선 이름으로는 아무것도 못한다지 않습니까. 애들 학교는커녕 배급까지 끊긴답니다."

"자네들은 기미 년에 일어난 만세 운동을 모르는가?"

"네?"

노인이 주변을 빙 둘러보더니 목소리를 낮추었다. 그 낮은 속삭임에 나도 모르게 귀를 기울였다.

"오늘 새벽에 창씨 반대 전단이 뿌려졌다네. 세상이 요동치면 이름을 팔지 않아도 될 일이야."

심장이 쿵 내려앉았다. 노인이 소곤거리듯 말했지만 '창씨 반대 전단'이라는 말이 내 귀에는 동굴 속에서 소리가 번지듯 커다랗게 울려왔다.

창씨 반대 전단이라니?

햇볕도 닿지 않는 깊은 곳에서부터 의심의 연기가 타올랐다. 그럴 리가…… 그 가방은 분명 내가 뒷마당 장독대 아래 묻었는데. 머릿속에서 쿵쿵쿵 커다란 발자국 소리가 들려왔다. 누렁이를 찾아와 총을 겨누었다는 사람들 그리고 같은 날 여관을 찾은 발자국 소리…….

"그게 참말이에요?"

"참이다마다. 순사가 하는 말을 내 두 귀로 똑똑히 들었으니."

주변이 다시 웅성거리기 시작했다. 누군가 노인을 비난하듯 입을 열었다.

"호랑이 담배 피던 시절 얘기를 그리 믿어서야, 원. 그깟 전단 좀 뿌려졌다고 뭐가 달라지기라도 합니까? 조선에 독립운동 씨가 마른 지가 언젠데. 난다 긴다 하는 독립군들은 전부 상해요, 연해주요, 밖에서나 떠돌지 조선에 남아 운동하는 사람이 있기나 하냔 말이오."

노인은 끙 소리를 내기만 할 뿐 아무런 대꾸도 하지 못했다.

나는 두려웠다. 이제 전단이 뿌려졌으니 순사들이 눈에 불을 켜고 연루된 사람들을 찾아다닐 게 뻔했다. 그 때문에 사람들이 끌려가고, 울부짖고, 되돌아오지 못하는 일들이 다시 반복될 터였다. 그깟 이름 때문에. 뭐라고 부르든 아무 상관도 없는 그깟 이름 때문에.

'아니. 이름을 잃으면 전부를 잃는 거야.'

그 순간 왜 형이 떠올랐는지 모르겠다. 왜 하필이면 그 순간 그런 불길한 예감이 느껴졌는지. 딱지를 끌어안던 형의 모습이 자신의 이

름을 알아 무엇하려는 거냐고 되묻던 형의 모습이, 무거운 걸음으로
여관을 나서던 형의 모습이.

"아저씨, 혹시……."

아저씨가 재빨리 주위를 둘러보며 내 말을 가로막았다. 그러고는
가슴팍에서 잔돈을 꺼내 내 손에 쥐어 주었다.

"니 이걸로 전차 타고 얼른 집에 드가 있어라. 도착하거든 여관 문
부터 닫고 손님 받지 마라. 알았나? 뭐하노! 퍼뜩 안 가고."

아저씨가 내 등을 떠밀었다. 아저씨가 동아줄을 잡듯 창씨가 쓰인
허연 종잇장을 꼭 그러쥐었다. 어쩐지 나는 그것이 움켜잡으면 잡을
수록 더욱 헤지기만 하는 낡은 동아줄로 보였다. 가장 중요한 순간
툭 끊어져 버리고 마는 낡은 동아줄 말이다.

길들여진다는
것

나는 부청에서 도망치듯 그곳을 빠져나왔다. 나도 모르게 입술을 깨물고 손톱을 뜯고 있었다. 멀리서 들려오는 전차 소리에 고개를 돌리니 네거리 귀퉁이에서 한 사내가 보였다. 아니다. 그것은 내게만 보이는 환영이었다.

순사들에게 둘러싸여 포박된 형이 끌려오고 있었다. 어디 가나 눈에 띄던 형의 단정한 맵시는 이제 옛일이 되었다. 여자들이 좋아 마지않던 하얀 피부에는 푸르뎅뎅한 멍이 져 있었다. 흠씬 두드려 맞은 사람처럼 다리가 풀려 제대로 걸음을 옮기지 못했고, 온몸이 밧줄에 묶여 허리조차 제대로 펴지 못했다. 신비하게 빛나던 갈색 눈동자는 이제 푹 꺼진 눈자위에서 빛을 잃고 바스러졌다. 그 어떤 말도 전할 수 없어진 눈동자가 나를 바라보았다.

"형……."

두려웠다. 아무것도 가지지 못한 자의 예감이란 그랬다. 일어나지 않은 불길함까지 떠올려야 하는 것. 때문에 숨이 턱 끝까지 차오르도록 뛰었다. 여관으로 곧장 들어와 아래채로 뛰어들면서 나는 오로지 한 가지 생각만을 했다.

형을 찾아야 한다는 것.

선생이 고무신을 신느라 허리를 굽히고 있었다. 나는 선생 앞에서 숨을 헐떡이며 서 있었다.

"선생님은 형이 어디 있는지 아시죠?"

"무슨 일로 그러느냐."

"새벽에 창씨 반대 전단이 뿌려졌대요."

너무 빨리 뛰었던 탓일까, 심장이 미친 듯이 뛰었다. 나는 거친 숨을 내쉬었고 선생은 별일 아니라는 듯 다시 신발을 고쳐 신었다.

"해서? 그것과 기영이가 무슨 상관이란 말이냐."

"형은 이름을 잃으면 다 잃는다고 했어요."

선생이 고개를 들고 나를 바라보았다. 뒷마당에서 바람이 휘파람 소리를 내며 불었다. 선생이 내 생각을 읽으려는 사람처럼 가만히 나를 보며 말했다.

"이름은 너 자신이오, 그 자체다. 그러니 그걸 잃을 순 없지 않겠니."

"그게 무슨……"

"무서운 건 길들여지는 게지. 가만히 있도록 길들여지고, 폭력에 길

156

들여지고, 삶을 잃는 것에 길들여지는 거지."

길들여진다는 것. 순사의 발길질을 기다리며 몸을 움츠렸던 딱지가 생각났다. 폭력을 피하는 대신 폭력을 기다리던 딱지.

길들여진다는 것. 순사가 아닌 딱지를 때려야 했던 누렁이의 얼굴이 떠올랐다. 누렁이는 두려웠던 것이다. 두려움에 벗어나기 위해, 딱지를 살리기 위해 누렁이는 딱지를 짓밟아야 했다. 길들여진다는 것. 그것은 두려움을 빌미로 모든 것을 잃게 만드는 것이었다.

나 역시 길들여졌던 것일까.

"네가 네 스스로를 잃지 않는다면 누가 감히 그것을 빼앗을 수 있겠느냐."

꿈을 꾸었다. 잊을 만하면 내게로 오는 꿈이다. 너무도 선명해서 꿈이 아닌 것만 같지만 꿈인 게 틀림없는 꿈이었다.

습기로 가득 차 꿉꿉한 열차 안이었다. 쇠끼리 맞부딪치는 요란한 소리가 울려 퍼졌다. 뿌옇게 김이 서린 창문에는 수많은 풍경이 빠르게 지나갔다. 그리고 언제나처럼 알 수 없는 누군가가 내 이름을 물었다.

대체 누구야, 당신.

나는 그의 어깨를 붙잡고 흔들었다. 눈에 힘을 주고 아무리 정신을 차려 봐도 얼굴은 보이지 않았다. 소란스러운 웅성거림이 주변을 감싸 돌았다.

왜 내 이름을 묻는 거야?

빛이 멀어졌다. 열차가 터널 속으로 들어간 것처럼 뿌연 창밖의 풍
경이 검게 변했다. 우웅, 하는 듣기 싫은 기계 소리가 사방에서 들려
왔다. 찌푸린 눈살 사이로 그의 얼굴이 조금씩 보이기 시작했다. 그
눈빛…… 나를 바라보고 있는 익숙한 그 눈빛…….

"그래서 그 사람이 어떻게 생겼는데?"

"니미, 어떻게 생기긴 뭘 어떻게 생겨, 큿. 뒷모습밖에 못 보았는
데."

누렁이가 한쪽 코를 막고 팽 하고 코를 풀었다. 주학이가 얼굴을 찌
푸렸다.

"봤다며! 움막인지 판때긴지 하는 데 찾아와서 이마에 총까지 박으
려고 했다면서."

"큿, 얼굴까지 봤다고 말한 적 없거덩."

"아니 근데 이 새끼가."

주학이가 얄밉게 입술을 씰룩이는 누렁이의 멱살을 잡아 올렸다.
누렁이 녀석이 고개를 돌려 퉤 침을 뱉었다.

"천떼기로 눈깔을 가리는데, 큿, 무슨 수로 얼굴을 보느냔 말야. 씨
부럴. 뒤돌면 뒈진다는 걸, 돌아봐서 그나마 다리 저는 뒷모습이라도
봤지."

주학이가 주먹을 쥐었다 폈다 하면서 이걸 때려, 말아 고민하다 던

지듯 누렁이의 멱살을 풀어 주었다. 주학이가 나를 돌아보았다.

"이 정도면 이 새끼 지금 우리 가지고 노는 거 아니냐?"

주학이는 누렁이 말만 믿고는 가방을 찾을 수 없다는 결론을 내린 모양이었다. 그도 그럴 것이 남대문 시장에 이어 누렁이의 말대로 찾아간 곳마다 족족 실패하고 돌아와야 했던 것이다. 이런 상황이 답답하기는 누렁이도 마찬가지였다.

누렁이가 소식을 알아 온 거지들에게 주먹밥을 나눠 준다고 소문이 나자, 그걸 이용해 가짜 정보를 흘리고 주먹밥을 얻어 가는 경우가 생기기 시작한 것이다.

"뭐 어쩔껴? 배때지에 있는 밥을 도로 꺼낼껴? 제 까짓 게 내 말이 거짓부렁인지 아닌지 워째 아느냔 말여."

거짓 정보를 주고 밥을 얻어먹은 녀석이 하는 말을 기어이 누렁이가 듣고야 만 것이다. 그다음 얼마나 피 터지는 일이 생겼는지 말하지 않아도 예상될 것이다.

그 후로는 선 정보, 후 음식으로 바뀌었다. 그들이 준 정보가 맞을 때에만 보상하겠다는 거였다. 문제는 누렁이가 다시 정보를 얻어오긴 했으나, 우리 중 아무도 누렁이의 정보를 믿지 않는다는 거였다. 그럼에도 우리가 정동 주택가로 간 이유는 누렁이의 정보가 아니면 딱히 기댈 곳이 없었기 때문이었다.

"킁, 이번엔 진짜 확실하거덩. 그 근처에서만 세 명이 봤다니까."

"그놈의 확실하다는 말 한 번만 더 들으면 골백번이다. 안 그러냐?"

주학이가 팔꿈치로 나를 툭 쳤다.

"어?"

"그렇잖아. 이 자식이 그 사람들 얼굴을 본 것도 아니고 그냥 절뚝거리는 뒷모습만 봤다잖아. 근데 이 자식 말만 믿고 언제까지 이러고 있어야 하냐고."

"니미, 기다리지도 않고, 쿵."

"백날 천날 기다린다고 안 올 사람이 오냐? 오늘도 봐. 종로라고 했다가 정동이라 했다가, 이랬다저랬다, 아주 경성을 한 바퀴 다 돌지 그러냐?"

"쿵, 싫음 빠지든가."

"빠질 거면 네가 빠져, 새끼야! 가방 주인은 나라고 나."

주학이와 누렁이의 2차전이 시작되려던 찰나 내가 끼어들었다.

"근데 딱지는?"

침묵에 쌓였다. 투덜대던 주학이도 누렁이 눈치를 흘끗 보았다. 잠시 멈칫하던 누렁이가 침을 뱉었다.

"귀찮아서 놔두고 왔어, 쿵."

아무렇지도 않은 척 했지만 누렁이도 그날 일이 마음에 걸렸을 것이다. 우리는 마치 그래야 한다고 약속이나 한 듯 모두 입을 다물었다. 누렁이의 발걸음이 자꾸만 주춤거리는 이유도 그래서일 거라고 생각했다. 그러다 누렁이의 발길이 아주 느려지고 나서야 뭔가 이상하다는 걸 깨달았다.

"왜 그래?"

누렁이가 뭔가 심상치 않음을 알리듯 빠르게 눈동자를 굴렸다.

"쿵, 하나 둘 셋 하면 뛰어."

"갑자기 무슨 말이야?"

"하나, 두울!"

개자식! 셋까지 센다더니, 둘까지만 세고 뛰는 것 좀 봐.

누렁이가 앞서 뛰었고 주학이와 나는 영문도 모른 채 뒤따라 뛰었다.

"대체 왜 뛰는 건데?"

"잔말 말고 죽기 싫음 계속 뛰어!"

누렁이의 외침이 멀어지자, 곧장 우리 뒤를 따라붙는 발소리가 들렸다. 슬쩍 뒤돌아보니 회색 양장을 입은 남자가 우릴 뒤쫓고 있었다.

"이쪽이야!"

큰길에 들어서 사람들 틈에 섞이자, 우릴 뒤쫓던 남자가 헷갈리는 듯 눈살을 찌푸리고 주변을 두리번거렸다. 그 사이 우리는 이를 악물고 달렸다. 이마에서 땀이 뚝뚝 떨어졌다.

나는 오로지 누렁이의 뒤통수만 보고 전신주 사이를 달렸다. 누렁이는 다시 인적이 드문 곳으로 빠져들었다. 그러다 순간, 누렁이의 뒤통수가 보이지 않았다. 주춤거리는 사이 골목에서 손 하나가 튀어나와 나를 잡아당겼다.

"여기다, 이 등신아! 쿵."

나를 골목 안으로 밀어 넣은 누렁이가 고개를 내밀고 주학이를 향해 손짓을 보냈다. 주학이가 뒤따라오는 소리가 들리자 누렁이가 아래쪽을 가리켰다. 담벼락 아래에 조그만 개구멍이 있었다. 누렁이가 먼저 다리를 집어넣고 하늘을 보는 자세로 눕더니 몸을 꿈틀거리며 구멍 안으로 쏙 들어갔다. 나도 누렁이가 그랬던 것처럼 개구멍을 통과했다. 다음은 주학이었다.

"뭐해, 빨리 안 들어오고!"

누렁이가 부추기자 주학이의 다리가 불쑥 들어왔다. 문제는 바로 거기서 시작되었다. 주학이의 덩치가 우리와 다르다는 걸 깜빡 잊은 것이다. 다리까지는 어떻게 들어왔지만 겨드랑이에서부터 단단히 걸려 버렸다.

"어깨 좀 움츠려 봐, 큥."

"이게 최선이야. 내가 종이 쪼가리도 아니고 몸을 접을 순 없잖아."

"염병! 그러게 작작 좀 처먹지. 큥, 뭘 얼마나 처먹었으면 여길 못 들어와?"

"우리 집이 원래 통뼈거든?"

"그만하고 어떻게 좀 해 봐. 들키겠어."

내 말에 누렁이가 눈썹을 찌푸리며 주학이의 한쪽 다리를 팔로 감쌌다. 나도 남은 한쪽 다리를 잡았다.

"야, 통뼈. 큥, 잡아당길 테니까 팔 들어 올려라."

"뭐?"

"니미, 만세 하라고!"

하나, 둘, 셋! 누렁이와 나는 서로를 바라보며 신호를 보낸 뒤 동시에 주학이의 다리를 잡아당겼다. 퍽, 소리와 함께 누렁이와 나는 뒤로 발라당 넘어졌고, 머리에 흙을 잔뜩 묻힌 주학이가 고개를 흔들었다. 개구멍이 전보다 훨씬 커져 있었다.

"에이 씨, 어깨 빠질 뻔했잖아."

"이게 살려 줬더니, 쿵."

"그래. 쫓기게 해 줘서 아주 고맙다!"

"쿵, 그게 왜 나 때문이야? 네 덩치가 커서 들켰지."

함정이었다. 부러 놈들이 소문을 흘린 것이리라. 우리가 놈들을 쫓고 있다고 생각했는데 역으로 우리가 쫓기고 있었던 것이다.

"웃기시네. 네 꼴이 거지 같으니 눈에 띄는 거지. 거지꼴 좀 안 하고 다닐 수 없냐?"

"거지한테 거지꼴 한다고 지랄이야, 쿵."

우리는 더위 먹은 개처럼 헉헉거리며 서로의 탓을 하고 있었다. 바로 그때 작은 부스럭거림이 들려왔다.

누렁이가 손가락을 입에 대고 조용하라는 신호를 보냈다. 우리는 모두 입을 다물고 서로를 향해 눈짓을 주고받았다. 건물 모서리 끝에 앉아 있던 누렁이가 반대편으로 조심스럽게 고개를 돌렸을 때였다.

철컥.

무슨 소리지? 주학이와 내 시선이 마주쳤다. 우리는 동시에 누렁이에게 시선을 옮겼고, 일순간 우리는 얼어붙었다. 누렁이의 이마에 검은 총구가 겨누어졌기 때문이다.

누렁이가 양손을 어깨 위로 들어 올렸다. 총을 든 사내의 눈이 매섭게 빛났다. 그가 우리를 향해 나직한 목소리로 물었다.

"물건은 어디 있지?"

주학이의 시선이 내게 스쳤다. 저 끔찍한 사내가 우리를 향해 총질을 하기 전에 어서 가방에 대해 말하라고 보내는 신호가 아니었다. 어떻게 하면 빠져나갈 수 있을지 미친 듯이 머리를 굴리고 있는 중이라는 신호였다. 확실한 건 그 사내는 혼자였고 우린 셋이라는 거였다.

주학이와 누렁이의 시선이 마주쳤다. 누렁이가 총을 쳐 내기만 한다면 주학이가 곧장 달려가 사내를 잡아 넘어뜨릴 것이고 그럼 우리에게도 승산이 있을지도 몰랐다.

철컥.

하지만 또 다른 총구가 우리를 겨누기 위해 다가오고 있었다. 나는 누렁이를 바라보았다. 누렁이는 별수 없다는 듯 시선을 피했다. 나는 초조하게 떨리는 입술을 깨물고 눈을 질끈 감았다. 생각해라, 생각해, 최용.

"야…… 최, 최용."

주학이가 혼란스러운 목소리로 내 이름을 나지막이 불렀다.

나도 알아, 안다고. 지금 머리 터지게 생각하고 있으니까 가만히 좀 있어 봐.

하지만 생각하고 또 생각해도 내가 할 수 있는 일이라곤, 이제 모든 게 끝났다는 사실을 인정하고 고개를 드는 것밖에 없었다.

그때, 검은 총을 겨눈 채 흔들리는 눈동자로 나를 내려다보고 있는 익숙한 얼굴이 보였다.

"기영이 형?"

삶이라는
한 글자

이제야 아귀가 딱 맞아 떨어졌다. 차창 너머로 풍경이 지나가듯 머릿속에서 장면들이 휙휙 바람을 가르며 지나갔다.

경성역에서 땀을 흘리고 있던 형의 모습, 까만 옷을 입은 사람이 가방을 가져갔다던 딱지의 말, 새벽녘 여관을 찾아왔던 수상한 발자국, 그날 주학이가 들었던 은밀한 속삭임, 형 손에 까맣게 묻어 있던 잉크 자국……

형이 처음 일을 도모하기 시작한 건 한 달 전 야학을 통해서였다. 창씨개명 문제가 심상치 않아지자, 야학 선생을 통해 소개받은 몇몇 사람들과 함께 일을 시작했다고 했다.

그날 경성역에서 형을 만났던 것은 우연이 아니었다. 제 아무리 일본 순사들이 하늘을 난다 긴다 할지라도 인력거꾼의 짐까지 모두 뒤질 수는 없을 터였다. 형은 인력거 속에 가방을 숨기고 경성역으로 가서 그것을 중절모를 쓴 남자에게 전해 주었다고 했다. 남자는 그 가방을 들고 열차를 탈 계획이었다. 계획대로라면 전단은 그날 전국 곳곳에 전달되어 동시에 뿌려졌을 거란다. 가방이 뒤바뀌고 계획이 틀어지면서 모든 게 물거품이 되어 버렸지만.

그래도 형은 포기하지 않았단다. 밤낮 없이 창씨 반대 전단을 만들고 또 만들었다고 했다.

한글 책자.

급하게 만들고 있다는 책자가 바로 그 전단이었다. 뒤통수를 세게 얻어맞은 기분이었다. 나도 모르게 허탈한 웃음이 터져 나왔다. 형과 뜻을 함께한 사람들이 누렁이를 찾았던 것은 전단의 내용이 일본 귀에 들어갔을 때, 일이 틀어지는 것은 물론 야학 사람들까지 모두 무사할 수 없었기 때문이었다.

"물건은 어디 있소?"

말해야 한다는 걸 알았지만 내 목구멍 속을 커다란 질문이 꽉 틀어막아 다른 어떤 말도 나오지 못했다. 마치 크고 날카로운 생선뼈처럼 사방을 콕콕 찔러 댔다.

"총은…… 총은 왜 필요한 거예요?"

"만약을 위해서야."

형이 대답했다. 나는 형을 쳐다보며 다시 물었다.

"만약에 뭐?"

괜찮을 거라는 말이 듣고 싶었다. 하지만 형은 가만히 나를 바라볼 뿐이었다.

이제 인내심의 한계에 도달했다는 듯 사내가 자리를 박차고 일어섰다. 그의 목소리에 짜증이 묻어났다.

"이러고 있을 시간이 없소. 물건은 어디에 있소?"

나는 대답하지 않았다. 주학이가 나와 사내를 번갈아 바라보며 눈치를 살피더니 대신 입을 열었다.

"아, 저 그게⋯⋯."

"없어요."

내 말에 주학이가 당황스러운 듯 눈을 깜박였다. 내가 할 수 있는 말은 그게 전부였다. 그래야만 할 것 같았다. 모두의 시선이 내게로 향했다.

"무서워서 없앴어요."

"없애다니?"

사내가 다급한 목소리로 내 어깨를 잡고 흔들었다.

"다 태웠어요."

사내의 팔이 힘없이 떨어졌다. 얼굴에는 절망이 번졌다. 어디선가 가슴을 내리치는 한탄 소리가 들려오는 것 같았다.

회색 양장을 입은 남자가 한숨을 내쉬며 일어난 뒤에도 형은 움직이지 않았다. 내 눈치를 살피던 누렁이와 주학이 녀석이 슬그머니 자리를 피해 주었다. 형과 나는 아무 말도 없이 서로 다른 곳을 바라보며 앉아 있었다. 어쩐지, 결코 우리가 같은 곳을 바라볼 수 없을 것만 같은 기분이었다.

"가방 어디 있어?"

긴 침묵 끝에 형이 먼저 입을 열었다.

"버렸다니까."

"아닌 거 알아. 버렸으면 그렇게 도망 다니지도 않았을 거잖아."

"……."

"말해, 용아. 네가 가지고 있으면 위험해."

"형은 괜찮고?"

"용아."

"창씨 한다고 누가 죽는 것도 아니고, 집을 뺏기는 것도 아닌데 대체 왜 그렇게까지 해야 하는데?"

우리는 여전히 서로 다른 곳을 바라보고 있었다. 형은 화가 났고 나는 두려웠다.

"그럼 넌 내가 어떻게 했으면 좋겠는데? 일본 놈들이 시키는 대로 이름을 팔라고 하면 팔고, 일본을 위해 총알받이가 되라면 되고, 때리면 때리는 대로, 죽이면 죽이는 대로 당하면서 그렇게 살았으면 좋겠어? 그래, 그렇게 살 수도 있겠지. 내가 사랑하는 사람들이 어떻게 변하든, 내가 어떤 삶을 살든, 눈 감고 모른 척 살 수도 있겠지. 그렇게 산다고 한들, 세상은 조금도 나아지지 않는데, 그렇게 사는 게 무슨 의미가 있어?"

형은 어느 순간 더는 지켜볼 수 없다는 걸 깨달았다고 했다. 조선인들이 절망감과 공포에 익숙해지고 두려움에 길들어져 핍박받는 것을 당연하게 여기기 시작하는 것을 견딜 수가 없었다.

"그때 골목길에 있던 아이들 기억나? 너무 무섭더라. 그 아이들은 책을 찢고 있었던 게 아니야. 조국을 지우고 있었던 거야. 잃어버린 건 되찾을 수 있지만 그게 있었다는 사실조차 잊으면 되찾을 수도 없는 거잖아."

조국을 잃은 사람들, 수치에 익숙해진 사람들과 신문물의 환상에 갇혀 버린 젊은이들. 형은 그런 것들을 생각할 때마다 견딜 수가 없다고 했다. 하지만……

"그걸 왜 형이 해야 하는데?"

내 물음에 형이 허탈한 표정으로 나를 보았다.

"그럼 누가 해야 하는데?"

"나도 몰라. 나는 그냥……."

끝내 그게 형은 아니었으면 좋겠다는 말은 하지 못했다. 대신 남들은 모른 척 하고도 잘만 살아가는데 왜 형만 그러지 못하느냐고 물었을 뿐이었다.

"형이 그런다고 눈곱만큼이라도 뭐가 달라질 것 같아?"

"그래도 나는 해, 용아. 그게 내가 결정한 삶이니까."

그날 오후, 형이 끝끝내 자신이 선택한 삶을 살겠다고 말했던 그날 오후, 야학에 불이 났다. 하지만 아무도 그 불을 끄지 않았다. 그 안에 있는 수많은 추억들과 이야기가 모두 한낱 재가 되어 갔다. 총을 든 순사들이 그 앞을 지키고 서 있었기 때문만은 아니었다. 우리가 멍하니 불길을 바라볼 수밖에 없었던 건 모든 추억과 이야기가 이미 주인을 잃었기 때문이었다.

뿌려진 전단이 한 사람의 글씨체가 아니라는 이유로 야학에 다니는 여학생들 모두가 밧줄에 묶여 끌려갔다. 모두 열넷, 열다섯의 어린 소녀들이었다. 거기서 양순이가 나를 보고 있었다.

나는 고개를 들 수가 없었다. 손에 묻은 잉크를 가리기 위해 주먹을 꼭 쥐던 모습이 생각나 입을 열 수가 없었다. 형에게 전해 줘야 한다던 그 분홍색 보따리에, 창씨 반대 전단이 가득 들어 있었을 것을 생각하자 손이 덜덜 떨려 왔다.

머리가 헝클어진 채 밧줄에 묶여 가는 소녀들은 누구도 고개를 숙이지 않았다. 고개를 숙인 건 소녀들이 아니라 지켜보고 있던 사람들이었다. 짓밟히고, 욕되고, 가슴이 미어져도 내일이면 아무렇지도 않게 살아가는 사람들의 고개가 또다시 숙여졌다.

나는 아래채 선생의 방 앞에 서 있었다. 방은 비어 있었다. 어른 두 명이 누우면 꽉 차는 좁은 방에는 앉은뱅이책상과 이불장이 전부였다. 뒷마당으로 향하는 쪽문이 하나 더 달려 있다는 점만 빼면 특이할 것이 없었다. 그리고 그 문은 온전한 진실 하나를 말해 주고 있었다.

계획된 일.

모두 처음부터 완벽하게 계획된 일이었다. 사람이 묵지 않는 누추한 아래채는 숨기 좋은 곳이었을 것이다. 틈새로 바람이 쉴 새 없이 들어오는 쪽문은 쓸모없는 문이 아니라, 피하기 좋은 도피처였을 것이다.

"안으로 들어가는 게 좋겠구나."

뒤돌아섰을 때 선생이 나를 보고 있었다. 우두커니 서 있는 나를 지나 선생이 먼저 방으로 들어갔다. 그 모습에 가슴이 불길 속으로 던져진 것처럼 타올랐다. 선생이 오른쪽 다리를 절고 있던 것이다.

배신과 분노라는 시꺼먼 연기가 눈앞을 흐리는 것만 같았다. 형을 멈추게 해 달라고 선생을 찾았다. 헌데 눈앞의 선생은 형을 말리는 사람이 아니라 형을 부추기는 사람이었다.

이제 속이 시원하느냐고 묻고 싶었다. 소녀들이 끌려가고 그 부모들이 가슴을 내리치는 꼴을 보니 이제 만족하느냐고 묻고 싶었다. 결국 형도 저렇게 만들고 말아야 직성이 풀리느냐고 따지고 싶었다. 하지만 나는 선생의 흔들림 없는 눈을 보는 순간 그렇게 말할 수 없었다.

창씨 반대 전단이 뿌려졌다는 사실을 들었던 그날 밤, 여관 문을 잠근 박 씨 아저씨는 내게 이렇게 말했다.

"용아. 니 내 말 잘들으래이. 기영이가 했느냐 안 했느냐가 중요한 기 아이다. 순사들이 기영이를 잡을지 말지가 중요한 기라. 앞으로 당분간 몸 조심해야 한다. 알아들었나?"

아저씨 말이 맞았다. 형이 전단을 뿌렸는지 아닌지는 중요하지 않았다. 내가 형을 믿고, 믿지 않고 따위로는 아무것도 달라지지 않았고 그대로다. 선생의 말이 틀렸다. 두려운 것은 길들여지는 것이 아니었다. 두려운 것은 이미 길들여진 세상이었다.

나는 작은 한숨을 내쉬었다. 많은 사람들의 한숨이 그랬던 것처럼 내 작은 한숨도 흔적도 없이 사라졌다. 내가 잃든, 잃지 않든, 세상은 언제나 내게서 빼앗기만 할 것이다. 이미 길들여진 세상이므로.

"길들여지는 것이 두려운 거라 하셨죠?"

선생이 나를 가만히 바라보았다.

"이미 태어난 땅이 길들여진 곳이면요? 태어나 눈을 떠 보니 식민지 조선이었고 정신을 차려 보니 부모에게 버려져 있었어요. 저는 그렇게 자랐어요. 가족도, 장래도, 아무것도 없이 그렇게 자랐다고요."

세상이 나를 그렇게 만들었다. 빼앗기만 하는 세상에서 견디기 위해 훔치라고, 맞설 수 없는 폭력에 도망치는 법을, 숨어 있는 법을, 견디는 법을 가르쳤다.

우리는 세상이 원하는 대로 살았을 뿐이다. 식민지 조선에서 가난하고 힘없는 조선인으로 태어난 게 어째서 우리 잘못이겠는가?

우리는 그저 아무것도 할 수 없는 곳에, 시키는 대로 살아야 하는 곳에 태어났을 뿐이다. 그런데 왜 여기 이렇게 태어났느냐는 이유만으로 이런 끔찍한 일을 당해야 하는 거지? 잘못이 있다면 조선을 지키지 못한 사람들의 잘못이 아닌, 어째서 형이, 어째서 저 소녀들이, 조선이 사라지는 동안 숨죽이고 지켜보기만 했던 사람들을 위해 목숨을 걸고 위험한 일을 해야만 하는 거지?

"해서, 이제 어쩔 게냐?"

"……."

"하늘을 탓하고 조국을 탓하고 부모를 탓한 다음, 그다음은? 또 무엇을 탓할 게냐?"

"이건 너무 불공평해요."

"불공평하지. 세상이 얼마나 불공평한지 너는 짐작도 못할 게다. 헌데 세상이 왜 네게 공평해야 하느냐? 네가 세상에 뭘 했다고? 네가 하는 일이라곤 불공평하다, 세상에 욕지거리만 하는 게 전부가 아니더냐. 헌데 그런 너에게 왜 세상이 공평해져야 하는 게냐?"

"그래서, 그래서 형한테 그러라고 시키셨어요? 세상은 원래 불공정하니 형더러 목숨이라도 바치라고 하신 겁니까?"

나는 소리쳤다. 누가 들어도 상관없었다. 소릴 질러 망할 수 있다면 차라리 세상이 몽땅 망했으면 좋겠다고 생각했다.

"나는 그저 세상이 기영이 자신의 삶을 흔들지 못하게 하라 일렀을 뿐이다."

"사람들은 다 흔들리고 망가지면서 그렇게 살잖아요!"

우리가 사는 곳은 죽어야 할 놈들은 떵떵거리고 살고, 살아야 할 사람들이 죽어 가는 더러운 세상이다. 그러니 누구도 흔들리지 말라, 말할 순 없는 것이다. 홀로 맞설 수 있는 세상이 아니므로.

"다른 사람들은 다 그렇게 살지. 해서? 너도 흔들리고 부서지고 싶으냐?"

"삶이고 지랄이고 나는 그런 거 몰라요!"

"모르니 생각을 해야지. 막막하니 눈을 떠야지. 어쨌거나 네 삶이 아니더냐."

삶.

바로 이 한 글자가 내 가슴을 짓눌렀다. 살아가고 있으되, 한 번도 내 것인 적이 없었던 이 한 글자가.

"내 삶이란 게 대체 뭔데요?"

뒤통수로
날아든 세상

웃음소리가 들린 것 같았다. 눈을 뜨자 비가 쏟아지려는지 방 안이
어둡고 눅눅했다.

"어디 아픈 데는 없어? 진짜 없어? 진짜, 진짜로 괜찮은 거지?"

잠이 덜 깬 모양이라고 생각했다. 미향이의 명랑한 목소리라니. 얼
마나 오랜만인지 몰랐다. 형이 여관을 나간 지난 닷새 동안 여관에서
웃음소리가 들린 적이 있었던가.

"그럼 이제 오빠 다시 들어오는 거지? 아주 들어오는 거지?"

오빠라니!

정신이 번쩍 들었다. 눈곱도 떼지 않은 채, 서둘러 이불을 걷어차고
밖으로 뛰쳐나갔다. 대야에 물을 받고 세수하는 형과 옆에서 수건을
들고 종알대고 있는 미향이의 모습이 보였다. 참새 두 마리가 짹짹
가벼운 발걸음을 놀리고 있었다. 평화로웠다. 모든 것이 꿈처럼, 환상

처럼 예전과 다를 바 없는 모습 그대로였다.

"너는 또 늦잠이니? 오빠는 아침부터 텃밭 정리까지 싹 해 놨는데."

대야 옆으로 흙 묻은 농기구가 놓여 있었다. 미향이가 내게 눈을 흘겼다. 형이 젖은 머리를 털며 태연하게 내게 눈인사를 건넸다.

"어떻게 된 거야?"

누군가 날 놀리려는 게 틀림없었다. 그게 아니라면 이렇게 아무 일도 없다는 듯 예전으로 돌아갈 수 없는 일이었다. 내가 꿈을 꾸고 있는 건가? 그때 멀리서 박 씨 아저씨의 목소리가 들려왔다.

"미향아, 나와서 괴기 좀 꾸워래이."

아저씨가 아침에 고기를 사왔다고? 제삿날도, 명절날도 아닌데 고기라고? 맙소사. 이건 꿈이라도 말도 안 되는 꿈이었다. 미향이가 날쌘 제비처럼 검은 치맛자락을 날리며 안마당으로 뛰어나갔다. 나는 꿈에서 깨어나기 위해 볼을 꼬집고 뺨을 때렸다. 형이 혼란스러워하는 나를 끌어안고 팔로 목을 감아 조여 왔다.

"얼른 세수나 하시지? 눈곱에 발등 찍히겠다."

"진짜야?"

"뭐가?"

"형 말이야. 형 진짜 돌아온 거냐고. 혹시 작전을 바꾼 거라면……."

형이 조였던 팔을 풀어 주었다.

"그런 거 아니야."

"아니면? 이게 다 뭔데? 이것도 형한테 있는 계획이지? 또 내 뒤통수를 후려 갈길 염병한 계획 중에 하난 거지?"

나는 내 머리를 헝클고 저만치 앞서가는 형에게 목에 핏대를 세우며 소리쳤다.

"어영부영 넘어갈 생각하지 말고 똑바로 말하라고! 여긴 왜 온 건데?"

형이 멈춰 섰다. 어깨가 으쓱 올라갔다 내려왔다. 한숨을 내쉰 것 같았다. 하지만 돌아선 형은 웃고 있었다.

"내가 가긴 어딜 가? 선생님도 여기 계시고, 너도 여기 있는데."

거짓말.

아저씨와 미향이는 형이 무슨 일을 꾸미고 있는지 상상도 하지 못할 것이다. 다들 형이 잡혀가지 않았다는 것, 다시 돌아왔다는 것, 이것만으로 안심하고 있을 터였다. 하지만 나는 아니었다. 나는 불안함을 지울 수 없었다.

"뒷마당에 봉숭아꽃이 예쁘게 폈더라."

형의 커다란 그림자가 내게 그늘을 만들어 주었다.

"형이 지금 한가하게 꽃 타령이나 할 때야?"

형이 멋쩍은 웃음을 터트렸다.

"예전엔 이맘때만 되면 마당에 있는 봉숭아꽃이란 꽃은 죄다 땄었는데."

형이 눈길로 주변을 빙 두르며 여관 전부를 하나하나 만져 갔다. 입가에는 추억에 서린 미소가 걸려 있었다.

나도 기억하고 있다. 마루에 앉아 꽃물을 들이던 미향이도, 호기심에 새끼손톱에 물들였다가 사내 손톱이 벌겋다고 놀림을 받았던 일도, 톡 건드리면 터졌던 봉숭아꽃 씨앗을 다시 심었던 일도 전부 다 떠올랐다. 다시 그때로 돌아갈 수 있을까?

"방에 네 친구 가방 가져다 놨어."

나는 내 귀를 의심하며 형을 쳐다보았다. 형이 씁쓸한 미소를 지었다. 그래. 어쩌면 정말로 돌아왔을지도 몰랐다. 야학이 불타면서 창씨 반대 전단도 모두 불탔으니 형이 할 수 있는 일이라곤 아무것도 없을 터였다. 형이 하늘을 올려 보았다. 몰려온 구름 사이로 햇볕이 고개를 내밀고 있었다.

"형."

"응?"

"진짜 돌아온 거지?"

형이 웃고 있었다. 어쩌면 다시 예전으로 돌아갈 수 있을지도 몰랐다.

"거 더럽고 치사해서! 쿵, 돈 있으면 뭐해. 먹질 못하는데, 니미."

누렁이가 바닥에 침을 퉤 뱉었다. 그 옆에서 주학이는 심한 모욕을 당한 사람처럼 얼굴을 찌푸리고 있었다. 아닌 게 아니라, 가방을 찾았으니 한 턱 내겠다며 우릴 청요릿집으로 데려왔다가 입구에서 내쫓겼기 때문이다.

우리가 주학이를 따라 빨간 등이 대롱대롱 매달린 청요릿집으로 따라 들어서자 식당 주인의 표정이 싹 변했다. 주인은 어떻게 나까지는 참아보려는 듯 했으나 뒤이어 누렁이와 딱지가 들어오자, 얼굴이 허옇게 질려서는 우리를 밀어냈다.

"이것들은 다 뭐야? 나가, 썩 나가지 못해?"

주학이가 돈까지 내보였지만 주인은 단호하게 우리를 쫓아냈다. 다른 손님들이 불쾌해 한다나 어쨌다나.

"뭐 이딴 데가 다 있어? 돈 주고 사 먹겠다는데, 사람을 거지 취급이나 하고 말이야."

주학이는 자신이 거지와 함께 다닌다는 사실을 자꾸 잊어버리는 모양이었다.

"니미. 여긴 뭐 금이라도 처발랐나. 쿵, 가자. 여기 아니라도 먹을 데 깔렸어."

누렁이는 동대문으로 가자며 앞장섰다. 말로는 욕을 뱉었지만 사실 누렁이의 기분은 꽤 좋아 보였다.

"쿵, 그 염병할 가방을 찾았다 이거지?"

형이 가방을 돌려주었다는 말에 제일 좋아하던 사람도 누렁이 녀석이었다. 누렁이는 가방이 그대로 있더냐고 세 번이나 묻고 나서야 만족스러운 미소를 지으며 웃었다.

"거 이럴 때 하는 말 있잖아. 쿵, 등잔불이 어쩌고 하는 거. 그게 뭐지?"

"등잔 밑이 어둡다."

"어 그래, 그거. 등잔 밑이 염병하게 어두웠네. 킁, 진작에 여기로 올 걸 괜히 죽어라 돌아다녔잖아."

동대문 어깨가 보이기 시작할 때쯤 누렁이가 발걸음을 멈추었다. 누렁이의 눈길이 닿은 곳에 하얀 머릿수건을 한 아주머니가 커다란 주걱으로 국밥을 젓고 있었다.

"안녕하쇼."

누렁이의 인사에 아주머니의 인상이 팍 구겨졌다. 아주머니는 혼잣말로 중얼거리더니 가게 안으로 들어가 뭔가를 들고나왔다. 딱지가 당연하다는 듯 동냥 그릇을 내밀자, 욕과 함께 바가지에 한 움큼의 음식이 담겼다. 팔다 남은 나물과 전이었다.

"거 어지간히 쪼짠하게 구네. 킁, 하나 더 얹어 주쇼. 입이 몇 갠데."

누렁이가 턱짓으로 우리를 가리켰다. 아주머니의 눈썹이 활처럼 휘었다. 까딱하다가는 국밥을 젓던 주걱이 날아오게 생긴 판이었다.

"옴마. 이놈 입방아 좀 보게. 야, 이놈아 네가 여기 떡 한쪽이라도 맡겨 놨냐?"

"왜 이래요, 킁. 내가 아줌마 소박 안 맞게 비밀 지켜 주고 있구먼."

"이, 이 염병할 놈이!"

아주머니가 주걱을 들고 부들부들 떨었다. 그러든 말든 누렁이는 여유롭게 귀를 파며 한쪽 다리를 덜덜 떨어 댔다.

아주머니의 치부는 또 언제 알아내서는 밥을 내놓지 않으면 비밀을 털어놓겠다는, 그야말로 협박이었다. 아주머니가 더 이상은 못 참겠다는 듯 자리를 박차고 일어섰다. 오늘 네놈이 죽든, 내가 죽든 어디 결판을 내고야 말겠다는 눈빛이었다. 그 아슬아슬한 상황을 주학이가 단 한마디로 상황을 정리했다.

"여기 국밥 네 그릇이오."

배고프던 차에 먹어서 그런지 뜨뜻한 국밥은 입에 넣기가 무섭게 목구멍으로 넘어갔다. 누렁이는 우리 중에 제일 빨리 국밥을 먹어 치우고 '한 그릇 더'를 외쳤다. 딱지는 동냥 그릇에 음식을 넣어 줘야만 밥을 먹었다. 순사에게 짓밟혀 부서진 동냥 그릇 대신 새로운 것을 장만한 모양이었다. 그리고 보니 항상 허리춤에 차고 다니던 누렁이의 동냥 그릇이 보이지 않았다. 누렁이는 별일 아니라는 듯 어깨를 으쓱거렸다.

배불리 먹은 우리는 국밥 집을 나와 발 닿는 곳 아무데나 떠돌아다녔다. 주인 없는 개처럼 이집 저집을 둘러보고, 상점 유리창에 머리를 처박고 신식 물건들을 구경했다.

쇼윈도에 비친 우리 넷은 비빔밥처럼 한 양푼에 모두 넣고 비벼도 절대 비벼지지 않을 것처럼 어울리지 않았다. 하지만 무엇보다 가장 어울리지 않는 것은 경성의 거리였다.

한복과 양복 그리고 기모노가 뒤섞인 옷들. 조선말과 영어, 일본말과 한자가 뒤섞인 간판들. 온 세상이 뒤범벅인데 우리 넷쯤 어울리지 않아도 뭐 어떤가.

언제 구름이 끼기는 했느냐는 듯 하늘이 맑게 개었다. 게으른 구름 하나가 둥실 떠 있었다. 스치는 바람에 잔디가 소란스럽게 야단법석을 떨었다. 무슨 짓을 해도 용서받을 수 있을 만큼 따뜻한 오후였다.

나는 그렇게 웃고 있었다. 잊고 있었던 것이다. 세상은 언제나 내게 적대적이었음을. 내가 한눈 팔기를 기다리며 어김없이 내 뒤통수를 노리고 있다는 것을.

탕!

그것은 모든 것이 끝났음을 알리는 소리였다.

어쩌면 이미 변화는
시작되었을지도

탕…… 타앙!

커다란 총소리가 사방을 흔들었다. 사람들의 비명소리가 울려 퍼졌다. 소리가 들려온 곳에서 하얀 종이가 사방으로 흩날리고 있었다. 두려운 예감이 온몸을 휘감았다.

나는 물에 빠진 것처럼 몸을 허우적거렸다. 시끄러운 소리들이 공기 중에 둥둥 떠다니며 퍼져 갔다. 나는 자꾸만 아래로, 더 아래로 가라앉고 있었다.

나는 살기 위해 몸부림치다가 빠져나갈 수 없음을 깨달은 사람처럼 멍하니 서 있었다. 아래로, 점점 더 깊은 아래로. 나는 누구도 닿을 수 없는 강물 저 끝으로 가라앉고 있었다. 끔찍한 모습들이 떠올랐다. 잔인하고 가차 없이, 내 몸을 갈기갈기 찢어놓는 장면들이 하나씩 스쳐 지나갔다.

수건을 들고 참새처럼 짹짹이던 미향이, 잔소리를 늘어놓던 아저씨 그리고 나를 보던 형.

'그래도 나는 해, 용아. 그게 내가 결정한 삶이니까.'

아니다. 그럴 리가 없었다. 돌아왔느냐는 물음에 그렇게 웃어 주고, 아무렇지도 않은 척 굴었으면서 내게 형이 거짓말을 했을 리가 없었다. 게다가 야학이 불타면서 창씨 반대 전단이 모두 불타지 않았던가. 설마…….

가방은 여전히 여관 뒷마당에 파묻혀 있을 터였다. 형이 그걸 찾아냈을 리가, 그럴 리가…… 없었다.

'뒷마당에 봉숭아꽃이 예쁘게 폈더라.'

내 뒤통수를 향해 형의 목소리가 들려왔다. 언제나처럼 늘 나를 속이고 괴롭히기만 했던 세상처럼.

여관으로 들어서자마자 곧장 뒷마당으로 향했다. 장독대를 밀어내고 평평한 땅을 바라보았다. 땅은 아무 일도 없다는 듯 조용히 숨을 내쉬고 있었다. 나는 삽을 땅 깊숙이 넣어 흙을 퍼냈다. 이 안에 그 검은 가방이 들어 있어야 했다. 꼭 그래야 했다.

"그만해."

주학이가 내 팔을 잡아당겼다. 나는 녀석의 손을 뿌리치고 흙뭉텅이를 파내고 또 파냈다. 너무 깊숙이 묻었던 탓일까. 도무지 가방은 보일 생각이 없었다.

여기가 아니었나?

다른 장독대를 밀쳐 내고 그 아래를 파기 시작했다.

그래. 이 아래가 분명했다.

"어머! 너 지금 뭐 하는 거야? 오빠가 아침 내내 해 놓은 걸 왜 망치고 그래?"

미향이가 나타나 내 팔을 잡아당겼다. 나는 미향이를 밀어내고 다시 땅을 파헤쳤다. 가방을 찾아야 했다. 시꺼먼 숨을 내쉬고 잠들어 있는 가방을 찾아야 했다.

"정말 왜 이러는 거야. 아빠가 다시 파 놓으래?"

미향이의 말에 내 온몸이 멈춰 버렸다.

"다시…… 파 놓으라니?"

"아빠가 오늘 아침에 오빠더러 장독대 좀 묻으라고……."

머릿속에 수많은 장면들이 스쳐 지나갔다. 누렁이가 여관에 오던 날, 뒷마당을 정리하며 나를 찾던 아저씨…… 창씨 반대 전단이 뿌려졌단 소식에 아저씨는 여관 문을 닫았다. 마치 아무도 여관을 뒤져서는 안 된다는 듯이.

"아저씨 어디 계셔? 아저씨, 아저씨!"

나는 안채로 달려갔다. 아저씨는 가운데 손님방에 앉아 술을 먹고 있었다. 벌컥 문이 부서져라 문을 열었지만 아저씨는 나를 쳐다보지도 않았다.

"아저씨예요?"

"……."

술잔에 술을 붓던 아저씨는 단숨에 들이키고도 부족하다는 듯 술병 채로 들고 마셨다.

아니다. 그럴 리가 없다.

형은 웃고 있었다. 다 잘될 거라는 것처럼, 아무 문제도 없다는 것처럼, 다시 예전으로 돌아갈 수 있다는 것처럼…… 그렇게 웃고 있었다. 온 세상이 나를 속여도, 형까지 날 속였을 리 없다.

나는 아래채로 향했다. 선생은 형이 어디에 있는지 알고 있을 거였다. 형은 그저 선생의 심부름을 갔다거나, 일자리를 얻기 위해 나갔을 뿐이라고, 절대 그런 게 아니라는 말을 듣고 싶었다.

하지만 방 안에는 아무도 없었다. 마치 처음부터 아무도 살지 않았다는 것처럼 흔적도 없이 사라져 버렸다. 완벽하게, 아무것도 남기지 않고.

감당할 수 없는 공허함이 내 몸을 감쌌다. 허탈한 웃음이 새어져 나왔다.

청계천에 버려졌던 날부터 간절한 내 기다림에 하늘은 언제나 무표정이었다. 하늘은 되려, 내게 무엇을 기다리는 거냐고 묻는 것 같았다. 그 덤덤한 표정에 나는 다시는 다리 위를 올려다보지 않겠다고 결심했다. 누구도 나를 찾으러 오지 않을 거라는 사실을 깨닫게 해 주었으니까.

그날처럼 하늘이 다시 나를 내려다보며 무뚝뚝하게 말했다. 뭘 기

대했던 거냐고. 늘 그렇듯 하늘은 표정 없이 묵묵히 침묵을 지키고
있었다.

　끔찍한 꿈이었다. 또다시 열차 안이었고 주변은 시끄러운 소음으로
가득 찼다. 하지만 이번에는 뭔가 달랐다. 눅눅한 습기도 없었고 내
게 이름을 묻는 사람도 없었다. 나는 아무도 앉지 않는 텅 빈 의자에
앉아 홀로 열차를 타고 있었다.
　열차가 속도를 늦추자 몇몇 사람들이 서둘러 짐을 챙겼다. 오로지
나만 내가 어디로 가고 있는지, 내가 왜 이 열차를 타고 있는지, 어디
서 내려야 하는지 알 수 없었다. 창밖은 뿌연 안개로 덮여 있었다.
　열차의 복도 끄트머리에서 한 남자가 나를 가만히 바라보았다. 그
눈빛, 나를 두렵게 만들고 수치스럽게 만드는 그 눈빛······.
　기영이 형이었다.
　형에게 가기 위해 몸을 움직였을 때 열차가 멈추었다. 목적지에 도
착한 사람들이 자리에서 일어나 내 앞을 가로막았다. 주변이 혼란스
러웠다. 형에게 가야 했지만 갈 수 없었다.
　잠깐만, 잠깐만 기다려 형!
　내게 다가오지 말라는 듯이 형이 천천히 고개를 저었다. 입가에 옅
은 미소가 걸려 있었다. 열차가 다시 출발 신호를 울렸다. 형이 내게
서 서서히 등을 돌렸다.
　아니야, 형! 가지 마.

형은 내 목소리가 들리지 않는지 조금도 지체하지 않고, 자신이 내려야 할 목적지에 드디어 도착했다는 듯 하얀 안개 속으로 사라졌다.

형, 제발.

제발…….

눈을 떴을 때는 온몸이 땀에 젖어 옷이 살갗에 달라붙어 있었다. 다시 잠들 수 없을 것 같았다. 눈을 감는 순간 다시 끔찍한 악몽들이 스멀스멀 기어와 내 방문을 두드릴 터였다. 이불조차 내 목을 죄어 오는 것같이 갑갑증이 느껴졌다.

형과의 추억에 하얀 실금이 가고, 조각조각 깨져 버렸다. 모두 내 탓이었다. 가방을 그렇게 가까이 숨겨 놓지 말았어야 했다. 처음부터 남산 깊숙이 묻었더라면, 아니 차라리 순사에게 넘겼더라면, 아저씨가 뒷마당에 텃밭을 만들던 날 아저씨에게 가 보았다면…….

"아직 살아 있어!"

갑자기 방문이 벌컥 열렸다. 주학이가 거친 숨을 내쉬었다.

"……."

"아 글쎄, 기영이 형이 아직 살아 있대도! 이것 봐."

주학이가 침을 튀기며 구겨진 신문 한 부를 내밀었다. 얼마나 꼭 잡고 왔던지 신문 귀퉁이가 꾸깃꾸깃 구겨져 있었다.

청년의 용기에 부끄러움을 금할 길이 없다. 창씨개명과 학도병을

권유하고 천왕을 찬양하는 연설사가 있던 금일 오후, 열아홉의 젊은 조선인 청년이 창씨개명을 반대하며 조선의 독립을 외쳤다. 인텔리라 부르는 사람들이 모두 앞장서 창씨를 권할 때, 조선의 청년이 부당성을 알렸다. 청년은 현장에서 생포되었으며……

생포라는 글자에 눈이 박혔다. 금방이라도 부서질 듯 애처로운 형이, 거기 있었다.

묻고 싶었다. 내가 뭘 어떻게 했으면 좋겠느냐고. 눈앞이 깜깜하고 두려워 내 삶의 길에서 한 발짝도 내딛을 수 없었다. 형이 무슨 말이든 해 주면 비록 진흙탕이라고 걸어갈 수 있을 것 같았다. 그러니까 형을 만나야 했다.

나는 무작정 주학이의 방으로 달려갔다. 그러곤 이렇다 저렇다 설명도 없이 녀석의 가방을 뒤지기 시작했다. 눈앞에 돌돌 말린 문서 한 장이 들어왔다.

"너 지금 뭐하는 짓이야?"

"한 번만 빌려줘."

"무슨 소리를 하는 거야?"

"형을 꼭 만나야겠어."

도무지 무슨 말인지 알아듣지 못하겠다는 녀석을 뒤로하고 곧장 밖을 나섰다. 뒤에서 나를 부르는 주학이의 목소리가 들렸지만 조금도 지체하지 않았다. 나는 녀석의 문서를 들고 제정신이 아닌 사람처럼 미친 듯이 달렸다. 오직 형을 만날 수 있는 방법은 이것뿐이라는 생각만 가득했다. 숨이 턱 끝까지 차올랐다.

오래된 기와집을 개조해서 만든 입구에는 커다란 글씨로 '전당국'이라 쓰여 있었다. 마치 길을 잃은 사람에게 길을 안내하듯 크고 분명하게, 누구든 서슴없이 들어오라는 듯이 말이다. 전당국은 돈이 필요한 사람들이 값나가는 물건이나 집문서 같은 것들을 담보로 맡기고, 맡긴 것의 값어치보다 적은 돈을 빌리는 곳이었다.

형은 전당국이 가난한 조선인들의 등골을 빼먹는 곳이라는 말을 곧잘 했었다. 이자가 높아 한번 발을 디디면 다시 빠져나올 수 없는 진창길이라고도 했다. 하지만 돈이 필요한 대부분의 조선인들은 그것을 알면서도 손을 뻗을 수밖에 없었다. 아이가 죽어 가고, 부모가 죽어 가도 돈이 없어 병원에 갈 수 없는 사람들이 마지막으로 손을 뻗을 수 있는 곳이었다. 그들은 이 문턱을 넘으며 어떤 생각을 했을까.

"물 한 잔 주랴?"

전당국 이 씨 아저씨는 내가 올 줄 알고 있었다는 듯 태연히 나를 맞았다. 어깨가 좁고 입이 튀어나온 이 씨 아저씨는 돈이 되는 물건이라면 할아버지 요강도 빼앗아 온다고 할 만큼 지독한 고리대금업자였다.

"최대한 많이 필요해요."

아저씨는 이렇다 저렇다 말없이 둥그런 금테 안경을 쓰고 물건을 확인했다. 돌돌 말린 문서 펴 훑어보던 아저씨의 눈썹이 삐죽 산을 만들었다. 문서에는 꼬부랑글자들이 잔뜩 적혀 있었고, 줄이 끝나는 곳마다 빨간 도장이 찍혀 있었다. 한참을 문서를 내려다본 아저씨가 안경을 벗고 콧대를 문질렀다.

"얘기 들었다. 기영이 그놈은 언제 한 번 크게 일 칠 줄 알았다. 사내자식이 무슨 옥구슬마냥 빤들빤들하게 생겨서는 눈에 불덩이가 들어 있었잖니."

"아저씨 급해요."

"기영이 때문에 그런 거라면 벌써 박 씨가 다녀갔다."

"아저씨가요?"

"그래. 네가 간다고 해도 아마 만나기 힘들 거다. 어지간한 돈으로는 꿈쩍도 안 하는 모양이야. 넌 그냥 여관으로 돌아가……."

"돈이 부족했겠죠. 조선에 뇌물로 안 되는 게 어디 있어요? 아저씨 저 형 꼭 만나야 해서 그래요."

흐음. 아저씨가 낮게 헛기침을 내뱉었다. 머릿속이 복잡했다. 괴로운 마음에 머리를 쥐어 뜯는데 누군가 문서를 휙 낚아챘다. 뒤에서 주학이가 거친 숨을 내쉬며 서 있었다.

"무슨 짓이야?"

"그건 내가 할 말이다, 이 자식아!"

여기서 주학이에게 문서를 돌려주면 나는 형을 볼 수 없을 거였다. 어쩌면 영영 볼 수 없을지도 몰랐다. 내 머릿속에는 온통 기영이 형을 만날 수 없을지도 모른다는 생각밖에 들어 있지 않았다.

나는 녀석의 어깨를 밀어내고 문서를 품에 안았다. 주학이가 내 등에 올라타 품에 안은 문서를 뺏으려 했다. 무게를 이기지 못한 내가 넘어지면서 녀석과 함께 바닥을 뒹굴었다.

"그만들 해라. 더는 꼴사나워 못 봐주겠으니. 대체 그 징용 문서로 뭘 어찌하겠다는 게야?"

"징용 문서요?"

"그게 뭔지도 모르고 가지고 온 게냐? 일본으로 징용을 가겠다는 사람들 이름이 적힌 문서다. 거기 이름마다 지장까지 찍혀 있구면."

나는 문서를 펼쳐 들었다. 무슨 글자인지 알 수 없는 글들이 적혀 있었다.

"쯧. 죄다 창씨개명된 이름이다. 문서도 다 일본 말로 쓰였어. 대체 이런 건 어디서 구한 게냐?"

혀 차는 소리가 귓속을 파고들었다. 주학이는 팔다리를 늘어뜨리며 주저앉았다. 녀석이 문서를 바라보며 우는 건지, 웃는 건지 알 수 없는 소리를 내었다. 일그러진 눈에서 금방이라도 허탈한 눈물이 솟아질 것만 같았다.

내내 흐렸던 날씨가 끝내 빗방울을 터트렸다. 뚝뚝 빗방울이 내리기 시작하자 거리가 곰팡이 쓴 것처럼 얼룩덜룩 젖기 시작했다. 경성 전체가 곰팡이로 뒤덮이고 있었다. 모든 것이 썩어 가고 있었다.

"왜 아버지 걸 훔쳤느냐고 물었지?"

경성의 거리가 완전히 젖어, 더 이상 빗물이 아무런 자국도 만들어 내지 못할 때 쯤 주학이 녀석이 입을 열었다.

"아버지 것이, 내 것이라고 가만히 있기만 하면 내 것이 되는 걸, 뭐가 그리 급해 훔쳤냐고 했었지? 나는…… 그게 무서웠어."

아버지가 마을 사람들의 농지를 동양척식회사에 팔아넘길 때에도, 소작인들의 소작료를 터무니없이 올릴 때에도, 겨울이 오면 마을 사람의 절반이 굶주린다는 걸 알았을 때도 주학이는 아버지를 믿었다고 했다. 아버지는 언제나 옳았으니까. 아니, 그렇다고 믿었으니까.

하지만 아버지가 마을 사람들을 속이고 강제 징용 문서를 만드는 것을 보고는 더는 견딜 수가 없었다고 했다. 열셋, 열넷의 어린아이들까지 징용에 끌어들여서가 아니었다. 아버지가 마을 사람들에게 강제로 창씨개명을 시켰기 때문에도 아니었다.

창씨개명을 했기 때문에, 이제 자신의 이름이 뭔지도 알지 못하기 때문에, 징용에 끌려간 사람들이 다시 고향으로 되돌아올 수 없을 거라는 말 때문이었다.

"시키는 대로 하기만 하면 되는 줄 알았어."

빨갛게 충혈된 눈으로 주학이가 나를 바라보았다.

'시키는 대로 해. 그게 조선에서 살아남는 방법이야.'

나도 한때는 시키는 대로 하는 삶이 가장 안전하다고 생각했다. 한 치 앞도 보이지 않는 길을 걸으며 두려워하는 것보다 그저 가라는 대로. 모두가 옳다고 하는 길로 걷는 일이 훨씬 쉽다고 생각했다.

"근데 있잖아. 시키는 사람이 틀렸을 땐? 그땐 어떻게 해야 하는 거냐?"

주학이의 옷에서 낙엽 부서지는 소리가 났다. 어쩐지 녀석이 낙엽처럼 바스러질 것만 같았다.

"가방을 잃어버렸을 땐 머리가 하얘지더라. 그게 다른 사람 손에 넘어가서 잘못되기라도 하면 어쩌나. 마을 사람들 다 징용에 끌려가는 건 물론이고, 우리 아버지까지 무사할 수 없을 것 같았어. 그래서 그렇게 찾으려고 했던 거야. 뒤바뀐 가방에 창씨 반대 전단이 들어 있다는 걸 알았을 때, 그 사람들을 만나 도와달라고 말하고 싶었어. 너한테도 말하려고 했었어. 근데 도무지 용기가 안 나는 걸 어쩌냐. 우리 아버지가 마을 사람들 팔아먹는 매국노라는 말을 차마 못하겠는데……."

빗속에서도 경성의 화려한 거리가 눈을 뜨고 있었다. 찬란하게 빛나는 수많은 불빛 중에서 우리를 비춰 줄 불빛은 단 하나도 존재하지 않았다.

주머니에 꽂아 두었던 신문이 바닥으로 툭 떨어졌다. 회색의 종이 위로 빗물이 닿은 곳마다 검은 자국을 남겼다. 그러자 빗물에 닿지 않은 글자들이 더욱 선명하게 다가왔다.

조선인으로서 살면서 잃어버렸던 수치심이 살아났다. 청년의 용기 앞에 어찌 부끄럽지 않을 수 있겠는가.

흐릿한 회색의 점들이었던 형의 기사가 빗물에 젖어들면서, 그 아래 선명하게 쓰인 기자의 이름도 눈에 들어왔다. 그것은 여관을 드나들던 바람둥이 기자의 이름이었다. 신문을 쥔 손에 힘을 주었다.

'형이 그런다고 뭐가 달라질 것 같아?'

'그래도 해, 용아. 그게 내가 선택한 삶이니까.'

어쩌면 이미 변화는 시작되었는지도 몰랐다.

이름을 훔친
소년

"쿵, 이제 어떻게 할 거야?"

질문만 있고 정답은 없는 물음이 새어 나왔다. 우리는 멍하니 하늘을 바라보았다. 질문은 먼 길을 돌고 돌아 다시 우리에게로 왔다.

"가야지."

"어딜?"

"어디든. 우리가 다시 시작할 수 있는 곳으로."

"야! 더위 먹었냐?"

답답한 듯 누렁이가 버럭 화를 냈다. 그러자 잠자코 있던 주학이가 입을 열었다.

"앞으로 어떻게 살아야 할지 곰곰이 생각해 봤거든. 이렇게 집 나온 이상 나는 이제 돌아가 아버지 뵐 자신이 없어."

주학이의 이마에서 땀 한 방울이 미끄러져 내렸다. 녀석이 팔을 들어 턱에 맺힌 땀을 닦아 냈다.

"근데 머리가 터질 때까지 생각하고 또 생각해도 내가 어디를 가서 어떻게 살아야 할지 답이 없더라고. 그래서 그냥 되는 대로 살아 보려고. 하긴 내가 선택할 수 있는 게 이것밖에 없잖아."

주학이의 말이 맞았다. 우리가 선택할 수 있는 것은 무작정 길을 걷는 방법밖에 없었다. 비록 한 치 앞도 보이지 않는다 하더라도 누군가가 말해 주는 길이 아닌 진짜 내 길을 걷는 것.

주학이가 누렁이의 옆구리를 쿡 찌르며 물었다.

"같이 갈래?"

"염병. 내가 미쳤냐? 킁."

"어차피 여기서 거지 노릇밖에 더해?"

"니미."

누렁이가 작게 욕설을 내뱉고는 바닥에 발을 끌었다. 쓰윽, 쓱 바닥 끄는 소리 끝에 누렁이가 다시 입을 열었다.

"나 혼자는 못 가. 킁, 가려면 딱지도 데려가야 해."

"딱지는 왜 그렇게 챙기는데?"

언젠가 꼭 한 번쯤은 묻고 싶었지만 묻지 못한 물음이었다. 주학이의 말에 누렁이는 대수롭지 않게 대답했다.

"내가 죽으면 나 기억해 줄 사람이 그 자식밖에 더 있냐? 킁, 그래도 나 같은 놈이 세상에 있었다고 기억해 줄 사람 하나쯤은 있어야 할 거 아니야."

198

그렇다. 누구나 잊히는 것을 두려워한다. 짧든 길든 한 생을 살았으니 누군가는 기억해 주길 바라는 것이다. 그렇게 우리는 서로를 잊지 않기 위해 이름을 기억한다. 이름은 저마다의 생이자, 그 사람의 전부를 표현하는 일이니까.

"넌?"

"난 그전에 할 일이 있어."

녀석들의 시선이 내게 닿았다.

"이름을 찾고 싶어."

"쿵, 갑자기 귀신 씨나락 까먹는 소리하고 지랄이야?"

내 말에 누렁이가 이게 무슨 헛소리냐는 듯 주학이를 바라보았다. 주학이의 얼빠진 얼굴에 누렁이의 얼굴이 더 혼란스럽게 일그러졌다.

"나도 내 삶을 한번 결정해 보려고."

나는 주먹을 굳게 쥐며 지난밤 방문을 두드리던 아저씨를 떠올렸다. 그날 아저씨의 몸에서 짙은 술 냄새가 풍겼다.

"기미 년에 경성에 처음 왔는데, 그날이 참말로 얄궂제. 온 사방에서 사람들이 튀어나와 만세를 부르더라카이."

아무것도 듣고 싶지 않았다. 그때 나는 아저씨의 얼굴을 볼 수 없어 고개를 숙인 채, 멍하니 바닥을 보고 있었다. 내가 아저씨를 어떤 얼굴로, 어떤 눈빛으로, 어떤 생각으로 볼지 알고 있었기 때문이다. 귀를 틀어막고 싶은 걸 간신히 참고 있는 내게 아저씨는 아무래도 상관없다는 듯 계속 말을 이었다.

"독립할라꼬 사람들이 다 나와서 만세를 부르고 있다는 기라. 너도 나도 다 나와서 만세를 부르면 독립이 될 거라면서. 독립이 된다니 아부지도 나가고 어무이도 나가겠다는 기라. 나는 왜 안 데꼬 가는교? 물었드만, 어무이가 그라대. 니는 독립된 조선에서 살아야 할 거 아이가.

그날 어무이도, 아부지도 다 돌아가셨다. 그날 내가 안 죽고 살아남은 그 이유는 딱 하나 뿐인기라. 독립된 조선에 살아야 하니까.

경성에 와가 억수로 힘들었데이. 내사 밥 굶는 게 제일 서럽드라. 그래도 살아야지. 살라꼬 이를 악물고 살았데이. 그래야 안 잊을 거 아니가. 살아 있는 사람이 해야 할 일은 그건 기라. 내가 살아 있는 이유를 잊지 않는 거. 잊아뿌면 그 순간에 죽은 사람들이 아무것도 아닌 게 된다. 근데 내가 그걸 잊고 살았던 기라. 잊지 않으려고 살았는데, 사는 데 급급해서 다 잊았단 말인기라."

아저씨가 주먹으로 자신의 가슴을 내리쳤다. 아무것도 없는 통을 두드릴 때처럼, 아저씨의 가슴에서 텅 빈 소리가 들려왔다.

"창씨를 안하믄 징용에 끌려간다 카드라. 그 얘기를 듣는데 와 이리 앞이 깜깜하노. 이라다가 애들 잡겠다 싶드라. 살아야 한단 생각밖에 못했데이. 느그 다 살려야 한다는 생각밖에 못 했다 이 말이다. 근데 내가 왜 기영이한테 니가 숨키 놓은 가방이 어디 있는지 알려줬냐꼬? 기영이 그놈이 내를 찾아 왔드라."

갑자기 목이 턱 막혀 왔다. 나는 무릎을 세워 꼭 끌어안았다. 그렇지 않으면 너무 화가 나서 당장이라도 아저씨의 목을 조를 수 있을 것만 같았다. 그다음 말을 듣고도 견딜 수 있을지 자신이 없었다. 하지만 그다음 아저씨가 한 말은 나를 분노로 몰고 가지도, 참을 수 없게 만들지도 않았다. 아저씨의 말은 오히려 나를 부끄럽고 비참하게 만들 뿐이었다.

"연해주에 있는 기영이네 가족들, 연락 끊긴 지 오래란다. 벌써 한 삼 년 됐다 카드라."

형이 살아가는 이유였던 가족이 삼 년 전, 어느 날 갑자기 사라졌다고 했다. 형네 가족들뿐 아니라 그곳에 함께 지내던 조선 사람들 모두가 연기처럼, 재 하나 남기지 않고 사라졌다고 했다.

영문을 알 수 없었던 형은 수소문 끝에 소련 정부가 연해주에 사는 조선인들을 강제로 다른 곳에 이주시켰다는 사실을 알았다.

"왜 그랬는지 아나?"

"……."

"조선인이라서. 조선인이 거기 있으믄, 일본 첩자 노릇을 할지도 모른다고 죄다 보내 뿌기라. 기영이는 가족들이 어데로 갔는지 삼 년을 그것만 찾아 댕깄단다. 우리한테 내색 한 번 없이 그랬단다. 기영이가 그라드라. 아직 어무이랑 동생이 어데 있는지도 모르는데 우예 창씨를 하겠냐꼬. 이름까지 바꾸믄 어무이가 우째 자기를 찾겠느냐고."

형이 물었다. 어째서 아무 잘못도 없는 형네 가족들을 강제로 이주

시킬 수 있느냐고. 단지 조선인이라는 이유만으로 그럴 수 있는 거냐고. 아저씨는 아무런 말도 할 수 없었다고 했다.

"가가 그라는데, 내가 우째 그놈을 모른 척 하느냔 말이다. 내가 제일 한이 되는 기는, 기영이 이름이라. 그놈 창씨한 이름. 내가 내 손으로 기영이 이름을 더럽힌 기라. 나는 그기 죽을 때까지 한이다."

그 순간 내가 형을 위해 할 수 있는 일을 생각했다. 그건 절대로 형을 잊지 않는 것이었다. 이를 꽉 깨물고, 절대 잊지 않고 살아가는 것. 그게 내가 할 수 있는 유일한 일이었다. 그러기 위해 나는 형의 이름을 되찾고 싶었다. 이름은 그 사람의 전부이니까.

"그러니까 이름을 어떻게 되찾겠다는 건데?"

주학이가 나를 보며 물었다. 나는 꼭 쥔 주먹을 내려다보며 중얼거리듯 말했다.

"털어야지."

"미쳤냐? 쿵, 경성부청을 턴다고? 너 혼자 거기 들어가다간 쿵, 뼈도 못 추리고 뒈지는 수가 있거덩."

누렁이가 굵은 침방울을 사방으로 튀겨 가며 소리쳤다. 그런 누렁이의 입을, 주학이 녀석이 가로막았다.

"셋이면 할 수 있을지도 모르지."

나는 입술을 꼭 깨물고 주학이 녀석을 바라보았다. 녀석도 나를 보고 있었다. 우리는 서로를 바라보고 약속이나 한 듯 동시에 누렁이에게 시선을 옮겼다. 누렁이의 눈꺼풀이 빠르게 깜박이기 시작했다.

"수작 부리지 마라. 안 넘어가니까. 말이 되는 소릴 해. 킁, 내가 미쳤냐? 뒈질 일 있어? 야 그런 눈으로 보지 마라. 뭐? 어쩌라고. 킁, 난 안 해. 안 한다니까."

줄지어 선 사람들의 얼굴에 공포가 서려 있었다. 기영이 형이 창씨개명 반대를 외친 후, 창씨개명 신청자가 눈에 띄게 줄어들었다. 그러자 총독부에서 창씨를 하지 않은 자는 '후레이센징(비국민)' 낙인을 찍어 특별 관리에 들어갈 뿐 아니라, 형과 '관련 인물'로 여겨 잡아들이기로 했다는 소문이 돌았다.

부청 안에는 창씨개명 신청을 하기 위해 온 조선인들 말고도, 카메라를 든 기자들도 몇몇 대기 중이었다.

형의 이야기를 신문에 실어 부당한 창씨개명을 알렸던 기자는 순사들에게 끌려갔고, 신문은 폐간되었다. 총독부는 창씨개명을 찬양하는 기사를 보내지 않는 신문사를 압박하기 시작했다. 이미 대부분의 신문사가 압박을 받고 있었지만, 기자들은 조금이라도 폐간을 늦추고자 부청을 찾았다.

"봅시다."

무뚝뚝한 부청의 호적과 직원이 씨설정신고서를 받아 빠르게 뭔가를 휘날려 쓰고는 '다음!'이라고 외쳤다. 그러면 뒤에 서 있던 사람이 다시 신고서를 내밀고, 직원은 다시 뭔가를 휘갈겨 쓴 후, '다음!'이라고 외치는 것이었다. 반복적으로 일을 처리하는 직원의 얼굴에는 이미 따분해 죽겠다는 기색이 역력했다.

반면에 옆의 젊은 직원은 다른 선배들 눈치 보랴, 순사들 눈치 보랴, 한눈에도 허둥지둥 산만해 보였다. 늘어난 창씨개명 신청자들 때문에 급하게 채용된 신입인 모양이었다.

"어이, 너! 뭘 그렇게 얼쩡거리면서 보는 거야?"

순사 한 명이 의심의 눈초리로 다가와 물었다. 나는 위험에 처할 때면 늘 그렇듯 어리고 멍청한 심부름꾼 아이 역할을 꺼내 들었다. 나는 최대한 눈썹을 내리고 겁에 질린 표정으로 순사를 바라보았다.

"여기서 저희 어르신을 만나기로 해서 기다리고 있습니다요."

나를 위아래로 훑어본 순사는 신경 쓸 것 없다고 여겼는지 저쪽 구석에 서 있으라며 밀쳐 낼 뿐 별다른 조치를 취하지 않았다.

나는 구석으로 물러나는 척하며, 멀리 떨어져 줄을 서고 있던 주학이에게 신호를 보냈다. 녀석이 가볍게 고개를 끄덕이고 반대편으로 사라졌다.

따분해 죽겠다는 얼굴을 하고 있던 부청 직원이 손목에 찬 시계를 한 번 보고, 펜대를 굴리고, 다시 시계를 보고 다리를 덜덜 떨어 댔다. 퇴근 시간이 임박했다는 뜻이었다. 나는 바로 그 직원에게 바짝 다가섰다.

"저, 헌데 혹시 창씨가 잘못되었는지 아닌지는 어떻게 압니까요?"

"뭐?"

204

"실은, 제가 어르신 심부름으로 신청서를 냈습니다요. 헌데 오늘 어르신 말씀이 창씨 신청이 안 된 것 같다고 하시는 게 아닙니까. 제가 틀림없이 신청을 했는데 말입니다요."

"틀림없이 한 창씨가 안 되었을 리가 있나. 네놈이 심부름을 잘못한 게지."

"아닙니다요. 틀림없이 했습니다. 제가 저분께 신청서를 낸 기억이 똑똑히 나는걸요."

나는 억울하다는 듯 눈을 동그랗게 뜨고 옆의 신입 직원을 가리켰다. 내 손가락이 닿은 신입 직원이 도둑질을 들킨 것처럼 흠칫 놀라며 얼굴을 붉혔다.

일이 손에 익지 않았을 뿐만 아니라 하루에도 수십 장씩 창씨개명 신청서를 받아 대느라 정신이 없었던 신입 직원은 당연히 나를 기억하지 못했다. 남자는 벌써 몇 번째냐는 듯, 짜증이 묻은 눈길로 신입을 바라보았다. 좀 더 확실히 해 둘 필요가 있었다.

"저희 어르신이 단단히 화가 나셔서는 부청에 책임을 묻겠다고 노발대발하셨습니다요."

내 말에 선배 직원이 흐음, 헛기침을 뱉었다. 알아서 처리하라는 무언의 압박이었다.

"거 바빠 죽겠는데. 일처리를 어떻게 하기에."

선배의 책망에 신입 직원은 잔뜩 기죽은 눈치였다. 신입이 선배의 눈치를 보며 서류철을 가지고 오겠다며 자리에서 일어섰다. 뒤통수를 굵적이는 신입의 뒷모습을 향해 선배는 못마땅한 눈초리를 보냈다.

"거 빨리 빨리 좀 합시다."

퇴근이 임박해 오자 다른 직원들의 짜증이 극에 달하기 시작했다. 점점 창씨 신청서를 받는 손길이 빨라지면 말투도 거칠어졌다.

서류철을 가지고 온 신입이 신청서를 한 장씩 넘기면서 찾았다. 나는 길고 하얀 손가락이 거짓된 이름들을 하나하나 만져 가는 것을 보고 있었다. 울컥 눈물이 쏟아질 뻔 한 건, 그 손길이 익숙한 이름에 멈춰 섰을 때였다. 그때였다.

쟁쟁, 깽깽, 징징, 깽그랑.

요란한 소리에 주변이 단번에 소란스러워졌다. 사람들이 고개를 내밀고 무슨 일인가 좌우를 살피기 바빴다. 천둥이 치듯 요란한 소리가 점점 더 가까워지고 있었다.

"뭐, 뭐야?"

당황한 순사가 허리춤에 있는 총에 손을 갖다 댔다. 신입 부청 직원의 얼굴에 공포가 서렸다.

"어얼씨구씨구~ 들어간다아~ 저얼씨구씨구~ 들어간다아."

노랫소리를 들은 사람들의 눈에 호기심이 반짝였다. 꽹과리 소리가 부청 안을 가득 채웠다. 드디어 소리의 정체가 드러나자 여기저기서 웃음소리가 터져 나왔다. 허리춤에 손을 대고 있던 순사는 허탈한 듯 얼굴을 구겼다.

"아, 작년에 왔던 각설이가 죽지도 않고 또 왔네. 어허 풍바풍바 잘도 한다."

놋그릇과 바가지를 두드리며 거지 떼들이 신명 나게 타령을 불러
댔다. 딱지가 한쪽 다리를 올리고 어깨를 구부려 몸을 흔들어 대자,
허리춤에 달린 동냥 그릇이 함께 흔들렸다. 그 요란하고도 기운찬 소
리에 주변에 있던 사람들이 갈 길을 멈추고 구경하기 바빴다.

"이놈들이 여기가 어디라고. 당장 안 나가?"

"워매. 우리도 이름 바꾸고 싶당께요."

근무를 서고 있던 순사 두 명이 서로를 마주 보았다. 거지들이 떼
로 몰려와 창씨개명을 하겠다고 했을 때는 지원 요청을 해야 하는 건
가 서로 묻는 눈치였다.

"이 거지새끼들이 장난하나. 나가!"

순사 하나가 더러운 거지 떼를 내쫓기 위해 손을 내저으며, 앞에 있
던 거지의 어깨를 밀쳐 냈다.

"워매 사람 죽소! 아이고 사람 죽어!"

순사의 손이 어깨에 닿자, 이가 빠진 중늙은이가 바닥을 데굴데굴
구르며 소리쳤다. 뒤에서 무슨 일이 일어났는지 보지 못한 사람들이
눈빛을 반짝이며 고개를 내밀었다. 몇몇 신문기자들이 바닥을 뒹구
는 거지들을 찍기 시작했다.

"우째 이런다요. 우리가 뭘 잘못을 혔소. 우리도 그 창씨인지 뭐시
긴지 좀 해 볼라니께. 이름 바꾸라고 그 난리더니 왜 우리는 안 해 준
다요!"

뒤쪽에 서 있던 누렁이는 만족스러운 미소를 짓고 있었다. 앞에 서 있던 거지들이 약속이나 한 듯 동시에 주저앉아 땅을 치며 곡을 하기 시작했다.

아이고, 아이고.

단번에 부청이 초상집이 되어 버렸다. 슬며시 미소 짓던 누렁이가 앞으로 나와 순사 앞을 막아섰다.

"우리는 사람도 아닙니까요? 킁, 대감 집 개새끼들도 창씨를 한다는데 왜 우리는 안 됩니까? 킁."

"뭐야?"

얼굴을 찌푸린 순사가 욕을 내뱉으며 허리춤을 향해 손을 뻗었다. 반대쪽에 서 있던 순사가 이쪽으로 오기 위해 몸을 돌렸다. 이제 주학이가 나설 차례였다.

"이 거지새끼가 미쳤나. 야, 이 새끼야. 니들이 감히 대일본제국의 이름을 노려? 개새끼 이름은 바꿔 줘도 거지새끼는 안 되지. 이 개새끼야."

주학이가 크게 소리치며 누렁이의 멱살을 잡아 올렸다.

"우라질! 이거 안 놔? 킁, 우리도 창씨 좀 해 보겠다는데. 니미."

"못 놓겠다면?"

누렁이 눈이 순간 번쩍하더니 목을 뒤로 젖혀 곧장 주학이의 콧잔등으로 돌진했다.

어이쿠야!

주변 사람들은 자신이 맞기라도 한 것처럼 앓는 소리를 냈다. 바닥으로 넘어진 주학이가 정신을 차리기 위해 고개를 흔들어 댔다. 주학이의 코에서 벌건 피가 흘러내렸다. 누렁이가 쌤통이라는 듯 콩, 하고 크게 콧바람을 내자, 거지들이 와아 하고 소리를 질렀다. 그 모습에 주학이의 눈썹이 활처럼 휘어졌다.

"근데 이 새끼가!"

벌떡 일어난 주학이가 누렁이에게 돌진했다. 순식간에 누렁이의 몸이 주학이의 어깨에 걸쳐지더니 붕 떠올라 부청 직원들이 있는 책상으로 고꾸라졌다. 그러자 벌레들이 몸을 숨기듯 부청 직원들이 동시에 자리에서 벌떡 일어나 구석으로 몸을 피했다.

사람들이 점점 더 모여들자 언제나 그랬던 것처럼 딱지가 동냥 그릇을 내밀며 동냥에 나섰다. 때를 놓치지 않고 곁에 서 있던 거지들도 함께 그릇을 두드려 대며 시선을 분산시켰다. 사람들의 시선이 데굴데굴 구르는 주학이와 누렁이에게, 거지 떼에게, 우왕좌왕하는 순사들에게 향했다. 이제 내가 나서야 할 차례였다.

나는 서둘러 서류철에 꽂힌 종이를 뜯어내 품에 넣었다. 시뻘건 불길을 삼킨 것처럼 가슴이 뜨거워졌다. 토해 내지 않으면 내 속을 모두 태워 버릴 시뻘건 불덩어리를.

어디든,
어디든지

늘 똑같던 경성역이었지만 이번만은 달랐다. 광장 한 구석에 앉아 모든 것을 지켜보던 누렁이가 더는 그곳에 없어서가 아니었다. 한때는 내 먹잇감이었던 주학이가 멀리서 내게 손을 흔들고 있어서가 아니었다. 경성역이 달라 보인 이유는, 내가 달라졌기 때문이었다.

"왜 이렇게 늦게 와?"

주학이 옆으로 양장을 입은 두 남자가 보였다. 나는 눈이 휘둥그레져서 녀석들을 바라보았다. 주학이가 내 옆구리를 쿡 찌르며 말했다.

"어때? 열차에서 쫓겨날 일은 없겠지?"

주학이의 옷을 입은 누렁이와 딱지는 확실히 달라 보였다. 비록 옷이 맞지 않아 허리춤이 고무줄로 칭칭 매여져 있고, 딱지의 손목과 발목이 훤히 들어나 보이긴 했지만.

"열차 탔다고 방방 뛰면서 쪽팔리게 하지 말고, 자연스럽게 행동

해."

"킁, 너나 잘해. 새꺄."

주학이의 말에 누렁이가 다리를 덜덜 떨며 침을 퉤 내뱉었다. 누렁이 옆에 바짝 달라붙은 딱지는 자신의 삶이 광장 그늘에서, 중심으로 변했다는 사실이 믿기지 않는다는 듯 연신 눈동자만 굴려 댔다.

"인사는 잘하고 왔냐?"

주학이가 내 어깨를 툭 치며 물었다. 나는 말없이 미소를 지었다.

떠난다는 인사를 하기 위해 여관에 갔던 건 아니었다. 그저 훔친 기영이 형의 씨설정신고서를 아저씨에게 전해 주고 싶었다. 술에 취한 아저씨의 밤이 조금이라도 줄어들 수 있도록.

하지만 막상 아저씨의 얼굴을 보자 입이 떨어지지 않았다. 내가 무슨 말을 해야 했을까. 그동안 고마웠다고 말해야 했을까? 아니다. 나는 그럼에도 아저씨를 용서할 수는 없다는 말을 하고 싶었다. 아저씨가 그럴 수밖에 없었더라도 형을 그렇게 만든 건 아저씨라고.

그런데 그 순간, 왜 그렇게 아저씨가 야위어 보였던 걸까. 심술궂은 얼굴은 주름투성이 근심으로 보였고, 욕심으로 빠져 버린 휑한 정수리는 삶에 지친 고달픔으로 보였다. 아저씨가 먼저 입을 열지 않았더라면 나는 아무 말도 하지 못하고 여관을 나왔을지도 몰랐다.

"니 품삯이다."

아저씨가 가슴께에서 꺼낸 누런 봉투를 내게 내밀었다.

"어디서 뭘 하든, 농땡이 부릴 생각하지 말거래이."

그리고 아저씨는 내 손을 그러쥐었다. 온 힘을 다해 내 손을 꼭 잡았다. 훗날에도 내가 아저씨의 손길을 잊을 수 없도록.

그때서야 나는 형이 나를 구덩이 속에서 꺼내 줄 때, 보이지 않는 곳에서 아저씨가 함께 그 끈을 끌어 주고 있었음을 깨달았다. 어쩌면 내 삶의 구원이 아주 오래 전부터 시작되고 있었을지도 몰랐다.

열차가 덜컹, 몸을 틀었다. 처음 타는 열차에 엉덩이를 들썩이며 좋아하던 누렁이와 딱지는 어느새 잠이 들었다. 녀석들을 말리던 주학이도 피곤했던 모양이다. 나는 창가에 머리를 기대고 창밖을 바라보았다. 열차가 덜컹거릴 때마다 내 몸도 함께 흔들렸다.

덜컹거림과 소란스러움, 휘몰아치듯 사라지는 풍경과 눅눅한 냄새…… 나는 번뜩 고개를 들고 주변을 살폈다. 익숙한 풍경이 내 몸을 휘감았다. 내 기억이 덜컹거리는 열차 안으로 발을 디뎠다.

내 이름을 묻고 또 묻던 남자.

그랬다. 그건 꿈이 아니었다.

그는 내 아버지였다. 그가 나를 버리러 가는 열차 안에서 몇 번이고 몇 번이고 내게 말했다. 네 이름을 절대로 잊지 말라고.

'용아. 네 이름은 최용이다. 최용. 절대로 잊어버리면 안 된다. 절대 잊으면 안 돼.'

거지 움막에서 지내는 시간 동안, 내가 붙잡을 수 있는 것은 내 이름이 전부였다. 그래서 나는 그 이름을 놓치지 않기 위해 그렇게 발버둥 쳤던 것이다. 하지만 그가 다시 나를 찾지 않을 거란 걸 깨달은 순간, 나는 내 이름을 잊었다. 아무래도 좋다는 생각을 했을지도 몰랐다. 누군가로서 살아가는 게 아니라 그냥 살아남기만 하면 된다고 말이다.

그래, 나는 이름을 잊고 있었다. 그리고 이름을 잊는 순간 내 삶을 잃었던 것이다.

'이름을 잃으면 전부를 잃는 거야.'

형의 목소리가 들려왔다. 이제야 그것이 무슨 뜻인지 알 것 같았다. 형이 지키고자 한 것은 이름이 아니라, 삶이었다는 것을.

나는 눈을 감고 열차에 몸을 기댔다. 여전히 우리의 삶은 어둡고 한치 앞도 보이지 않았지만, 한 가지 분명한 것은 우리가 앞으로 달려가고 있다는 거였다.

종착역을 알 수 없는 열차가 어둠을 뚫고 달리고 있었다. 열차의 기적 소리가 멀리 퍼져나갔다.

사춘기,
네 이름이 뭐니?

신이 나에게 다시 십대로 돌아갈 수 있는 기회를 준다면, 나는 조금도 주저하지 않고 이렇게 대답할 것이다.

"미쳤어요? 나더러 사춘기를 또 겪으라고? 왜, 차라리 저주를 퍼붓지 그래요?"

사실 나는 꽤나 '골치 아픈' 사춘기를 보냈다. 그 시절의 나는 늘 내가 못마땅했다. 공부를 잘하나, 예쁘길 하나, 돈이 많나. 이건 뭐 어디 내놔도 빠지기만 하니 마음에 들 리가 없었다. 세상에서 내가 제일 '별로'라는 생각에 점점 까칠해졌다. 누군가 관심을 가져 주면 귀찮아하면서도 혼자 내버려 두면 외로워서 우울했다. 나는 매일매일 세상과 싸우기 위해 파이터로 거듭나고 있었다.

'용이'는 그 시절의 내 모습과 닮았다. 나는 까칠하고, 불만 많고, 구시렁 대기를 좋아하는 한 사춘기 소년이 자기 자신을 있는 그대로 받아들이는 과정을 보여 주고 싶었다. 인정하기 싫지만 아무것도 아닌 존재가 바로 나라는 걸 깨닫는 시기가 바로 사춘기라는 것을 애기하고 싶었다. 나는 그 과정을 '이름을 되찾는 것'으로 표현했다.

우리는 자신을 다른 사람에게 소개할 때 늘 이름을 말한다. 이름은 자신을 표현할 수 있는 가장 쉬운 방법이자 가장 명확한 방법이기 때문이다. 그래서 이름을 잃는다는 건, 나 자신을 잃는 것과 같다. 이 책을 쓰면서 일제강점기 당시 일본이 우리에게 강요했던 창씨개명이 얼마나 무서운 건지 다시 한 번 깨달을 수 있었다.

나는 글을 쓰기 시작하면서 이름을 되찾았다. 글은 내 특이한 이름을 좀 더 특별하게 만들어 주는 힘을 가지고 있었다. 물론 혼자만의 힘은 아니었다. 내가 이름을 찾는 데 많은 분들이 도움을 주었다. 사춘기와 싸우는 동안 내 시비를 묵묵히 '무시'해 준 엄마께 감사 드린다. 그리고 내게 글이라는 길을 안내해 준 배봉기 교수님께 고개 숙여 존경을 표한다. 마지막으로 보잘것없는 이야기를 들어 주고 닦아 준 주니어김영사에 진심을 담아 감사의 마음을 전한다.

이 꽃 님

주니어김영사 청소년 문학 07

이름을 훔친 소년

1판 1쇄 발행 | 2015. 8. 14.
1판 10쇄 발행 | 2024. 10. 28.

이꽃님 지음

발행처 김영사 | 발행인 박강휘
등록번호 제 406-2003-036호 | 등록일자 1979. 5. 17.
주소 경기도 파주시 문발로 197 (우10881)
전화 마케팅부 031-955-3100 | 편집부 031-955-3113~20 | 팩스 031-955-3111

©2015 이꽃님
값은 표지에 있습니다.
ISBN 978-89-349-7161-0 43810

좋은 독자가 좋은 책을 만듭니다. 김영사는 독자 여러분의 의견에 항상 귀 기울이고 있습니다.
전자우편 book@gimmyoung.com | 홈페이지 www.gimmyoung.com

이 도서의 국립중앙도서관 출판시도서목록(CIP)은 서지정보유통지원시스템
홈페이지(http://seoji.nl.go.kr)와 국가자료공동목록시스템(http://www.nl.go.kr/kolisnet)에서
이용하실 수 있습니다. (CIP제어번호 : CIP2015017564)